LA VOYAGEUSE DE NUIT

Laure Adler est journaliste, essayiste, historienne ainsi que femme de télévision et de radio. Elle a publié un roman, plusieurs ouvrages sur l'histoire des femmes et des biographies de Marguerite Duras (prix Femina Essai), Simone Weil, Hannah Arendt ou encore Françoise Giroud. Elle a également été conseillère culturelle auprès du président François Mitterrand et directrice de France Culture. Elle anime depuis 2016 l'émission « L'Heure bleue » sur France Inter.

Paru au Livre de Poche :

IMMORTELLES

LAURE ADLER

La Voyageuse de nuit

GRASSET

ISBN : 978-2-253-07837-1 – 1re publication LGF

« J'ai attendu impatiemment de devenir vieux. Parce que cela pouvait être un moyen d'échapper à ce que les gens attendent de vous. »

Lars NORÉN

C'est l'heure de la sieste un jour de plein été. Tout le monde dort dans la maison de vacances. Je monte le raidillon qui conduit, par un chemin de ronces, aux rochers d'où l'on peut plonger. Devant moi un homme fait son jogging. Débardeur, short, le tout moulant. Malgré la chaleur il ne semble pas souffrir. Corps longiligne, muscles dessinés. Je l'envie et peste contre mon âge qui ne m'autorise plus ce genre de plaisir. Au sommet de la route l'homme s'arrête devant une voiture, ouvre le coffre. Je le vois de dos. Il prend une serviette pour éponger la sueur et se retourne. C'est un monsieur d'un certain âge ou d'un âge certain, on ne sait plus comment nommer cette frontière invisible, personnelle, à la fois subjective et objective, à partir de laquelle on atteint… une contrée où on ne peut plus tricher ni avec soi-même ni avec les autres. J'ai l'impression d'avoir été trompée. Pourquoi ? Les vieux n'ont-ils pas le droit de ressembler à des jeunes ? Imitent-ils désespérément les jeunes parce qu'ils n'acceptent pas leur âge ? Pourquoi refusent-ils, à tout prix, de paraître vieux, au mépris de la vérité de leur âge ? Mais que signifie la vérité de l'âge ?

Et moi, quel âge j'ai ? Soixante-dix. Bientôt la vieillesse, même si une part de moi-même ne veut pas y penser. Je sais que j'ai un certain âge justement et pas encore, je l'espère, un âge certain. Je suis dans une sorte de sas. Les conséquences de l'âge ne m'ont pas encore trop atteinte, même si certaines cicatrices de la vie, à la fois physiques et psychiques, ne s'effaceront jamais. Je m'allonge sur les rochers. Pourquoi ai-je l'outrecuidance de penser que je fais plus corps avec moi-même que l'homme qui fait comme s'il avait toujours trente ans ? Je m'endors en me demandant quel âge j'aimerais avoir si l'on m'en donnait la possibilité. Vingt ans, sûrement pas. J'ai tout fait trop vite, trop tôt. À vingt ans j'étais déjà une vieille adulte avec des responsabilités d'adulte et vivant avec des personnes beaucoup plus âgées. Je singeais les adultes et n'y arrivais pas. Comme le dit Paul Nizan : « Tout menace de ruine un jeune homme : l'amour, les idées, la perte de sa famille, l'entrée parmi les grandes personnes. Il est dur d'apprendre sa partie dans le monde. » Pour une fille aussi, il est compliqué d'entrer dans le monde à vingt ans, surtout lorsqu'elle fait semblant d'ignorer les difficultés et se comporte comme si tout allait bien. Comme l'auteur de *La Conspiration* je ne laisserai jamais dire que vingt ans est le plus bel âge de la vie.

Je suis dans un train entre Lyon et Clermont-Ferrand un jour de canicule. À l'heure du déjeuner je me rends au bar, quasi désert en ce jour férié. Devant moi un homme. Son portable sonne. Il répond en ronchonnant et à haute, trop haute voix : « Oui, oui, tout va bien. Pourquoi donc t'inquiètes-tu ? Tu me prends pour un vieux gaga ou quoi ? » Le ton monte, la litanie de ses reproches n'en finit pas. Les rares passagers font semblant de ne rien entendre. Arrivé devant le bar, il coupe enfin son portable et prend à partie le serveur : « C'était mon fils. Il me considère comme un débile. Sous prétexte que je suis vieux, il s'inquiète lorsque je voyage seul. — Vous devriez vous réjouir qu'on prenne soin de vous », lui répond le jeune homme, avec tant de solennité et de profondeur que son interlocuteur en reste bouche bée. Il n'y avait peut-être jamais pensé.

Qui s'occupe des vieux dans notre société ? Des vieux vraiment vieux ? Autrefois on disait les vieillards, maintenant on n'ose plus. Ce sont généralement leurs enfants qui en ont la charge. À quel prix ? Comment ? À partir de quand s'occuper de ses propres parents alors qu'ils redeviennent de grands enfants ? En prendre la responsabilité devient un mode de vie, une obsession, un tourment, une recherche qui vous fait réévaluer malgré vous l'échelle des âges et votre rapport au temps. Dans quelle société vivons-nous où l'aveuglement face à la réalité – plus de quinze millions de personnes aujourd'hui ont plus de soixante ans – le dispute à la mauvaise foi des instances politiques qui, non sans professions de foi humanistes, quelquefois, veulent nous faire croire qu'elles s'occupent d'un quart d'entre nous – en fait laissé à l'abandon avec les familles en première ligne ?

On vit dans un pays de vieux, qui va devenir de plus en plus vieux, et on fait semblant de ne pas s'en apercevoir – au cours des trente dernières années l'espérance de vie a augmenté de 30 % et 80 % de ces années sont vécues sans incapacité notoire. En 2050, cinq millions de femmes seront nonagénaires. En 2070, une personne sur deux aura plus de soixante-cinq ans et, en 2100, l'espérance moyenne de vie sera de quatre-vingt-quinze ans. Pas question, ici, de collectionner les chiffres des démographes, des statisticiens, des gérontologues… mais pourquoi vit-on ce qui devrait être une avancée démocratique et un saut qualitatif – car je ne parle pas ici de vieilles et de vieux qui souffrent mais qui sont en bonne santé – comme une catastrophe collective, un chagrin national, un signe de déshérence de notre société qui serait « accaparée », « gangrenée » par les vieux, qu'on craint plus qu'on ne les vénère, qu'on cache plus qu'on ne les écoute. Pourquoi ? A-t-on honte ? Quelle partie de nous-mêmes perdons-nous en l'acceptant silencieusement ? « L'homme n'est pas une chose ; il n'est pas, par conséquent, un objet qui peut être traité simplement comme moyen, mais il doit, dans toutes ses actions, être considéré comme une fin en soi. » Emmanuel Kant le disait il y a trois siècles. En considérant les vieux comme à mettre au rebut, comme quantité en surplus, on perd de notre humanité. Pourquoi nous particulièrement, alors que dans d'autres pays européens la vieillesse est un sujet de sollicitude, pour reprendre le vocabulaire kantien, alors qu'ici les vieux sont devenus des corps encombrants et un sujet si peu intéressant, et même gênant, qu'on préfère mettre la poussière sous le tapis et ne pas en parler. Vieillesse, silence assourdissant. Vieillesse, désespoir hurlant. Vieillesse, pourtant, sujet vital, sujet principiel qui nous concerne toutes et tous, quel que soit notre âge. Vieillesse citoyenne. Vieillesse, bienveillance. Vieillesse, don de soi.

Vieillesse : éminent principe de droit qui conditionne notre rapport aux autres. Nous sommes toutes et tous en droit et en capacité de vouloir devenir vieilles et vieux sans avoir à être jetés aux poubelles de l'histoire postmoderne.

Combien de fois ne m'a-t-on pas dit au cours de cette enquête, lorsque j'en donnais le thème : mais tu n'as pas peur ? mais comme c'est triste comme sujet ! tu es maso ou quoi ? et pourquoi tu t'obstines ? Personne ne veut en entendre parler… Pourtant je me suis bien amusée tout au long de cette recherche et je ne fais que – modestement – reprendre le thème qui a obsédé Simone de Beauvoir au cours du dernier cycle de sa vie. Dans son ouvrage remarquable, mais qui reçut un accueil plutôt discret lors de sa publication, intitulé tout simplement *La Vieillesse*, elle voulait briser la conspiration du silence et s'inquiétait de la dangerosité d'une société qui méprisait et malmenait ses vieux. Aujourd'hui, force est de constater que le bilan s'est aggravé, que l'indifférence gagne, que les inégalités économiques et sociales s'accentuent de manière criante et que prendre de l'âge est devenu… un défaut au mieux pour les plus riches qui ont les moyens de lutter, une malchance et une diminution pour la plupart d'entre nous, et une vie calamiteuse pour les plus fragiles. Cette mise hors jeu symbolique de notre devenir est inquiétante à plus d'un titre : politique, économique, social, mais aussi pour la définition et la compréhension de ce que veut dire vivre, être au monde. Allons-nous continuer à assister à une déshumanisation systématique de classes d'âge – il y a un nombre croissant de très très très vieux – sans résister et préconiser des solutions qui existent ailleurs ? Je ne le crois pas tant les aidantes et les aidants dans notre pays sont nombreux, silencieux, exemplaires et l'ont montré et démontré admirablement durant la pandémie, tant les structures familiales résistent encore remarquablement, tant les réseaux associatifs se multiplient tout en étant de plus en plus imaginatifs et créatifs, tant les médecins et les chercheurs progressent chaque jour dans la découverte de nouveaux moyens de prendre soin de cette population rendue invisible.

On est toujours la vieille ou le vieux de quelqu'un. Autant s'y préparer.

Je nage dans le couloir réservé à la brasse dans la piscine municipale de mon quartier.

J'y vais le dimanche en fin d'après-midi, moment peu fréquenté par les baraqués tatoués qui pratiquent avec ostentation le dos crawlé. Une dame de mon âge double tranquillement un trentenaire. Une fois, deux fois, trois fois. Pour être aussi gracieuse qu'efficace dans ses mouvements, je me dis qu'elle doit être une ancienne championne. Le jeune type lui bloque le passage au beau milieu de la piscine pour la contraindre à ralentir. Elle prend son inspiration et lui passe dessous puis continue. Il la bloque à l'autre extrémité, enlève ses lunettes, lui crache à la figure en criant : « Va te faire baiser, vieille salope, au lieu de nous emmerder à faire croire que tu vaux mieux que nous. » La dame monte à l'échelle sans dire un mot, prend ses tongs et disparaît.

Des choses vues, pour citer Victor Hugo, qui a si magnifiquement parlé de la vieillesse, il y en aura dans ce texte, qui s'apparente plus à un carnet de notes, à un vagabondage amoureux au pays de la littérature et de la poésie, à une enquête dans des lieux dits de « retraite », ouverte au charme des rencontres et au hasard des questionnements qu'à un livre savant.

Ai-je pris de l'âge ? Comment ça se « prend » ? Pourquoi ne veut-on pas, la plupart du temps, s'en apercevoir ? À quels signes se dit-on qu'on a franchi un cap ? Qu'on a réussi à franchir la « barre », telle celle de l'océan Atlantique qui permet ensuite de nager en haute mer en toute sécurité ?

Je me souviens que, toute petite, mon arrière-grand-tante venait fêter le 15 août chez mes grands-parents, en Auvergne. C'était une vieille fille, comme on disait, habillée de gris, avec de gros bas en laine qui tirebouchonnaient et une odeur de violettes un peu fanées. Signe particulier : elle avait des poils autour de la bouche. Et comme elle m'apportait des gâteaux, venait le moment où il fallait l'embrasser pour la remercier. De l'effroi éprouvé alors, je n'ai jamais dit mot, tant il eût été indécent de parler ainsi des vieux et des vieilles à haute voix.

Ma grand-mère a été veuve jeune. Elle est devenue vieille dès la mort de son mari. Elle portait ce qu'on appelait un « costume de vieillard » qu'elle avait acheté à Paris à La Belle Jardinière au rayon spécialisé. La seule fantaisie qu'elle s'autorisait était un bijou en jais accroché à son costume. Elle ressemblait à toutes les autres vieilles dames. Sous leurs costumes on ne pouvait deviner leur âge.

Suis-je vraiment vieille, et aux yeux de qui ? Pour moi-même, cela dépend des jours et des circonstances. Cela fluctue. Mais dans le regard des autres mon sort est scellé, sans doute depuis longtemps ?

S'il y a bien une chose sur laquelle je n'ai pas de prise, c'est mon âge. Bien sûr je peux tricher – j'en connais qui prennent le risque de falsifier leurs papiers d'identité – je peux mentir ou ne pas le dire. Il est intéressant de noter que certains comédiens et certaines comédiennes refusent dans leur curriculum vitæ de donner leur date de naissance tout en sachant qu'ils ne l'oublieront jamais. Jeune pour les autres, vieille pour soi ? Il y a l'expression « faire son âge ». Elle semble particulièrement absurde. On ne fait jamais son âge. On croit, selon les jours, qu'on « le fait » ou qu'on « ne le fait pas (encore) ». Je peux me dire que, oui, j'ai bien l'âge de mon état civil, sans pour autant le réaliser et/ou y croire. En fait, j'ai tous les âges à l'intérieur de moi et, sur mon visage, celui que les autres me donnent. Ce n'est pas moi qui décide.

Marguerite Duras était hors âge à la fin de sa vie comme elle a été hors catégorie dans la littérature. Elle disait qu'elle était vieille depuis l'âge de vingt ans, que son visage avait été détruit pour toujours à ce moment-là de son existence. Comme elle le savait, elle n'en souffrait pas. Elle en a même tiré avantage en choisissant des amants beaucoup plus jeunes qu'elle, attirés par les vieilles dames.

Du coup elle n'a pas eu la sensation de vieillir. Au début de *L'Amant*, elle écrit : « Un jour, j'étais âgée déjà, dans le hall d'un lieu public, un homme est venu vers moi. Il s'est fait connaître et il m'a dit : "Je vous connais depuis toujours. Tout le monde dit que vous étiez belle lorsque vous étiez jeune, je suis venu pour vous dire que pour moi je vous trouve plus belle maintenant que lorsque vous étiez jeune, j'aimais moins votre visage de jeune femme que celui que vous avez maintenant, dévasté." »

Une amie, hier, au marché en bas de chez moi, voyant un très vieux monsieur passer devant elle dans la queue sans s'excuser, commence à pester à haute et intelligible voix : « Ah ces vieux, jamais je n'ai pu les supporter. Depuis que je suis petite je les ai pris en grippe et ça continue aujourd'hui. » Je n'ose dire à mon amie de soixante-dix-huit ans – bon pied bon œil mais tout de même soixante-dix-huit ans – qu'elle fait partie depuis longtemps de cette catégorie.

On ne se sent pas vieillir. Est-ce un accroissement ou un amoindrissement de la vie ? Est-ce une sédimentation d'expériences ou une série de coups portés à notre vitalité ?

On ne sait toujours pas à quel âge commence la vieillesse et on ne le saura probablement jamais. Marcel Proust a été celui qui a su nous introduire dans une donnée spatio-temporelle qui nous fait éprouver le flux et le reflux des battements de l'existence. Il nous conduit à l'intérieur de notre psyché et, grâce à ses mots, nous constatons – quelquefois avec une délicieuse méchanceté – comment les autres vieillissent sans prendre garde que nous aussi, nous sommes embarqués dans la même histoire. En tout cas dans le regard des autres. Pas forcément à l'intérieur de soi-même. Comment savoir quel âge on fait dans une société qui vous intime l'ordre en permanence, par ses images, ses slogans, ses diktats depuis quatre décennies, que seule la jeunesse est non un modèle mais LE modèle, qu'elle seule est désirable, qu'elle seule incarne nos valeurs, aiguillonne nos goûts, et qu'elle seule est capable de représenter nos espoirs et nos espérances dans un dépassement constant de nous-mêmes ?

Et si certains jeunes étaient déjà, depuis leurs vingt ans, devenus des petits vieux ? Et si nous, les vieux, nous étions aussi et autant capables de dessiner notre futur et pas seulement celui restreint que l'on prépare pour nous ? Nous sommes en droit de revendiquer, ainsi que d'espérer. Arrêtons d'accepter d'être traités – et quelquefois dès l'âge de cinquante ans – comme des non-sujets, comme ces denrées périmées que les employés des supermarchés viennent, à la nuit tombée, jeter dans la benne à ordures.

J'appartiens à une génération qui a vu ses propres parents et la sœur de ma mère prendre en charge, accueillir, protéger, prendre soin de ma grand-mère maternelle, atteinte, assez jeune – soixante ans il y a cinquante ans – d'une grave dépression qui l'empêchait de se mouvoir et de communiquer ; la seule chose qu'elle faisait c'était sourire. Je me souviens de ses yeux très bleus et de la tristesse de ce sourire dans le fauteuil du salon où elle se tenait immobile toute la journée.

Il y a quelques jours j'ai appelé ma mère pour lui souhaiter son anniversaire. Elle n'a pas apprécié, m'expliquant d'abord que c'était un non-événement, et surtout, qu'atteindre quatre-vingt-douze ans devenait obscène. Obscène, c'est le mot qu'elle a prononcé. Constatant que je ne comprenais pas la violence de cet adjectif elle a corrigé : ridicule si tu veux. Comme si elle s'excusait d'être encore dans ce monde. Hors d'âge, hors limite, hors temps. Quatre-vingt-douze ans, c'est trop, beaucoup trop, a-t-elle ajouté en riant.

L'été dernier, à la fin de l'après-midi, sur la place déserte devant le beffroi, assis sur un banc public, un très vieux monsieur tenait sur ses genoux un petit enfant de huit, neuf mois. Dans cette ville médiévale de la Suisse alémanique, l'ambiance était à la fête, dans les cafés on buvait en chantant. Seuls ces deux-là conversaient en silence, en regardant l'horizon.

Il y a pire qu'un vieux sans signe distinctif. C'est une vieille. Il y a pire qu'une vieille. C'est un vieux pauvre. Il y a pire qu'un vieux pauvre : c'est une vieille pauvre. Et aujourd'hui ce sont ces femmes – de plus en plus nombreuses – qui constituent la classe la plus fragile, la plus exposée aussi. Elles deviennent des sujets de non-droit avec des pensions minuscules ou inexistantes et n'arrivent pas à vivre dans des conditions décentes malgré les efforts des associations caritatives. C'est aussi pour elles et pour toutes celles que j'ai rencontrées dans des hôpitaux publics ou des EHPAD, et qui m'ont tant donné par leur regard, leur espoir d'être mieux traitées, que j'écris ce livre.

LE SENTIMENT DE L'ÂGE

« Depuis quand es-tu vieux ? Depuis demain. »

Elias CANETTI,
Le Livre contre la mort

Nous vivons une période nouvelle où quatre, voire cinq générations peuvent être vivantes en même temps. Sommes-nous toutes et tous, pour autant, dotés de la même puissance de vie et définissons-nous la vie de la même manière ? Vivre sa vie a toujours été un métier difficile, vivre le rapport au temps qui passe devient un sport de combat. La publicité pourtant vante le mélange des générations. Après des campagnes, pendant des années, où les mères devaient s'habiller comme leurs filles, ce fut le tour des grand-mères de devoir à tout prix rajeunir leur look pour ne plus trop faire « mamies ». Alimentation, sport, manières de se vêtir, de s'exprimer et même de séduire, désormais être une septuagénaire à la page implique un emploi du temps surchargé. Les sites de rencontres seniors se multiplient sur les réseaux sociaux et si vous ne mettez pas assez vite votre nouvel amant dans le Caddie retour à l'envoyeur, c'est que vous vous contentez de médiocres performances et que vous ne croyez pas assez en vos charmes. Dans certaines maisons de retraite les karaokés se multiplient et ont plus de succès que les conférences sur la vie de François d'Assise. Dans d'autres – hélas, pas encore assez nombreuses – on laisse libres les déambulations des pensionnaires des deux sexes le temps de la sieste, sans faire irruption dans leur chambre, unique lieu de leur intimité.

Et si cette similitude intergénérationnelle était néfaste à l'idée de considération des vieux, comme des jeunes, d'ailleurs. Cette homogénéisation factice et fausse des apparences et des capacités nous dégrade tous et efface nos singularités individuelles qui pourtant sont constitutives de notre rapport au monde.

« La richesse des vieilles âmes et des corps à bout de course est immense, splendide, surprenante. Plus je m'enfonce au quotidien dans ce qui me reste à vivre, plus je m'intéresse aux moindres détails : visages, corps, gestes, destins… On ne cesse jamais de se découvrir. Mon rapport au Temps a changé. Je suis entrée dans le Temps… »

Cette fureur joyeuse qui habitait Dominique Rolin, alors âgée de quatre-vingt-huit ans lorsqu'elle s'exprimait dans son livre d'entretiens intitulé *Plaisirs*, n'est pas, hélas, réservée à tout le monde. Il faut une bonne santé, une force de caractère, un goût inébranlable du bonheur. Le bonheur et la plénitude de la vieillesse existent sous toutes les latitudes et dans toutes les civilisations. Vieillir n'est pas une maladie mais le sentiment de l'âge, lui, varie en fonction de critères psychiques, physiques, géographiques. Nous en faisons tous l'expérience à partir d'un âge qui peut beaucoup varier. Un beau jour on se sent ou on se sentira vieille ou vieux. Ça peut passer ou revenir comme une méchante ritournelle. Chateaubriand à vingt-sept ans voyait s'éloigner définitivement sa jeunesse. Gustave Flaubert, le jour de ses trente-six ans, se découvre vieillard. Il écrit à son amie Mlle Leroyer de Chantepie : « … les choses se sont usées d'elles-mêmes. (…) À présent je fais comme les choses. Je vais chaque jour me détériorant et la confiance en moi (…), le sentiment d'une force vague et immense que l'on respire avec l'air, tout cela décline peu à peu. » Virginia Woolf, le 29 décembre 1940 – elle a alors cinquante-huit ans – note dans son journal : « Je déteste la dureté de la vieillesse. Je la sens venir. Je suis aigrie. »

L'âge est un sentiment et non une réalité. Cela peut se passer un beau jour au réveil, ou quand une fatigue inexpliquée vous submerge, ou au détour d'une rue lorsque vous voyez par inadvertance dans le reflet d'une devanture votre silhouette, plus voûtée que vous ne l'imaginiez. Cela peut aussi vous être infligé par autrui. Les enfants sont les rois de la cruauté en ce domaine et vous relèguent sans aucune culpabilité dans le camp des has been. Il y a aussi les jeunes gens bien élevés qui, pensant faire leur devoir de civilité, vous expédient sans coup férir dans le camp des faibles qu'il faut protéger. Ainsi de ce jeune homme dans ce bus bondé qui m'a laissé sa place, ce qui a détruit pour la journée mon humeur primesautière. A contrario, je n'ai aucune envie d'oublier cette matinée où, marchant dans la rue et longeant un chantier, des ouvriers m'ont sifflée joyeusement. Il est vrai qu'ils me voyaient de dos et que je ne me suis pas retournée, n'empêche que je me suis sentie bêtement ragaillardie jusqu'à la fin du jour.

L'épreuve du miroir est toujours décisive. Encore faut-il avoir le courage, non de se regarder, mais de se voir. Combien de fantômes de visages superposons-nous sur celui que nous voyons en face de nous ? Il y a quelques mois, dans les toilettes d'une station-service où je me lavais les mains, j'ai vu quelqu'un en face de moi. Front ridé aux deux extrémités, plis accentués sur le côté droit de la bouche, grandes lunettes qui masquaient le contour des yeux. Je me suis dit que j'avais des points communs avec cette personne. Quand je me suis retournée, j'ai réalisé que je voyais l'autre que je suis devenue dans la glace. Je m'étais trompée de lunettes. Je voyais un peu flou.

Vieillir n'est-ce pas accepter de voir tout un peu flou, comme une brume assez légère qui voilerait un soupçon de réel ?

Jean-Luc Godard, dans *Adieu au langage*, journal de bord d'un homme à qui le réel échappe de plus en plus, ode à la liberté que donne l'âge de saborder toutes les convenances, poème rageur contre tout type de renoncement, cri d'amour pour la peinture, largue les amarres et invente, justement, un nouveau langage avec, comme viatique, cette phrase de Claude Monet au moment où il devient aveugle, lors de l'exécution de ses *Nymphéas* : « Ne pas peindre ce qu'on voit, puisqu'on ne voit rien, mais peindre ce qu'on ne voit pas. »

Ce sentiment qu'on est encore dans le réel mais de manière moins acérée, plus brouillonne, avoir à y penser alors qu'avant tout cela nous était donné comme une évidence, serait-ce cela vieillir ? Vieillir serait-il divorcer d'avec le monde ? En voyant moins clair, c'est tout l'équilibre entre le monde et moi qui se trouve modifié. Comment maintenir ouverte et battante cette porte qui mène vers la vieillesse ? Ne pas la refuser. Ne pas s'y habituer.

« Je ne m'apercevais pas combien j'avais changé. Et maintenant je comprenais ce que c'était que la vieillesse. La vieillesse qui de toutes les réalités est peut-être celle dont nous gardons le plus longtemps dans la vie une notion abstraite (...) jusqu'au jour où le petit-fils d'une de nos amies, jeune homme que, instinctivement, nous traiterions de camarade, sourit comme si nous nous moquions de lui, nous qui lui sommes apparu comme un grand-père. »

Marcel Proust dans *Le Temps retrouvé* nous fait ressentir que savoir son âge participe d'un type d'émotion, c'est un travail, volontaire ou involontaire. On ne baigne pas dans son âge comme une évidence. Bien souvent on vous le rappelle. On vous l'admoneste ou on vous le fait comprendre. Ou on le comprend soi-même tout d'un coup comme le narrateur de la *Recherche* qui réalise qu'il n'est plus un jeune homme, alors qu'il se « sent » jeune homme, instinctivement.

Ce n'est pas le nombre d'années qui nous définit. Ce n'est pas l'état civil qui fabrique notre identité. Ce n'est pas l'expérience ni le souvenir de ce qu'on a vécu et emmagasiné qui construit notre rapport au monde. On a beau – quand on l'est – se savoir vieux, on ne l'éprouve pas pour autant. En tout cas pas en permanence. Jeunes, nous pouvions nous sentir vieux. Et vieux, de temps en temps, nous sentir jeunes, très jeunes. Le fait d'être vieux – car c'est une réalité objective que personne ne peut contester – ne se confond pas avec la perception que nous en avons. C'est en ce sens qu'il existe pour moi ce que je nomme le sentiment de l'âge. Chacun d'entre nous ne se réduit pas à l'âge qu'il a. Nous pouvons d'ailleurs, dans une même journée, avoir plusieurs âges. Dans notre for intérieur, même si la société nous adresse sans arrêt des signaux d'alerte nous assignant à notre âge, nous pouvons nous en échapper et, le plus généralement, nous le faisons pour vivre ce que le présent nous propose.

On peut prendre sa « revanche » au moment de sa vieillesse. Les contraintes conscientes, ou semiconscientes, disparaissent progressivement, laissant l'imaginaire prendre le dessus. On se fait de plus en plus confiance. Ce sentiment de ne plus avoir d'âge donne des ailes, on n'a plus de comptes à rendre qu'à soi-même. On a la sensation de défier le cycle de la vie, de nos vies.

« Quarante ans, c'est la vieillesse de la jeunesse, mais cinquante ans, c'est la jeunesse de la vieillesse. » Victor Hugo

Thérèse Clerc, l'inventeuse de la maison des femmes de Montreuil puis de celle des babayagas, maison de retraite pour femmes âgées basée sur la solidarité, l'écologie, l'autogestion, créatrice de l'université de tous les savoirs sur la vieillesse, n'a commencé à naître à sa « vraie » vie que lorsqu'elle a atteint son âge mûr. Elle s'est débarrassée de ce que lui imposait la société : vie conjugale, apparences sociales, stéréotypes de comportement, a vécu ouvertement son homosexualité, est devenue ardemment féministe et, lors de la maladie de sa mère, a décidé de rendre sa vieillesse heureuse. Elle me confiait, au moment de commencer mon enquête en 2014, deux ans avant sa disparition : « Nous, les vieilles, nous sommes l'avant-garde éclairée. Le vieux monde est derrière nous et nous courons au-devant du nouveau monde. On court avec nos vieilles pattes, elles sont moins rapides, elles sont moins rapides mais elles sont efficaces et l'essentiel est que la tête reste efficace. Il faut créer, inventer, sortir des choses convenues, des idées toutes faites. Moi je trouve que ma vie est absolument passionnante parce qu'à mon âge je suis comme une vieille pouliche échappée et je galope à travers des prés que nous n'avons pas encore défraîchis. Les hommes ont plus tendance à s'agripper au passé, un passé qui leur semble prestigieux mais qui me paraît, moi, tomber en guenilles. Nous, les femmes, nous sommes les semeuses du futur, nous sommes là pour faire advenir une autre société. »

Marguerite Duras ne s'est jamais préoccupée de son âge, a ressenti dans son corps jusque tard l'intensité du désir, désir sexuel, désir de vivre jusqu'à la dernière goutte le calice qu'est la vie. Ce n'est pas pour autant qu'elle ne se souvient pas du temps d'avant, celui de la splendeur de la jeunesse, celui de la beauté. Sans nostalgie. C'est son secret : « Je pense à cette image que je suis seule à voir encore et dont je n'ai jamais parlé. Elle est toujours là dans le même silence, émerveillante. C'est, entre toutes celles qui me plaisent de moi-même, celle où je me reconnais, où je m'enchante. » Marguerite, par son don de sourcière – elle savait vraiment trouver dans la terre là où étaient les sources – a considéré le temps et non l'âge comme son adversaire. De la mort physique elle se moque ; de l'interruption de l'écriture, elle craint le pire : « Quand on n'écrit pas on doit avancer dans une forêt qui ne se ferme jamais parce que là C'EST LA FORÊT QUI SE FERME, vous êtes pris. » Elle écrira jusqu'à son dernier souffle, reviendra de la mort à plusieurs reprises, développant un savoir des confins, une lucidité vénéneuse, une jalousie féroce des vivants, elle qui ne l'était plus vraiment, avec une force d'un âge préhistorique : « Allez-y. Vous ne m'aurez pas. Je ne suis pas là. Pour personne. Même pas pour moi. »

Vieillir – « bien vieillir » – est-ce savoir ne pas fuir le Temps ?

« Si nous devons pleurer quand les clowns se produisent,
Et si nous trébuchons quand jouent les musiciens,
Le Temps dira, sans plus : Je te l'avais bien dit.

Nul ne peut prévoir l'avenir, et cependant
Comme je t'aime plus que je ne saurais dire,
Ah, je te l'apprendrais, si je pouvais le dire.

Il faut bien que les vents soufflent de quelque part,
Il faut bien expliquer que les feuilles pourrissent.
Le Temps dira, sans plus : Je te l'avais bien dit.

Peut-être que la rose aime vraiment s'ouvrir,
Que la vision vraiment souhaite demeurer.
Ah, je te l'apprendrais ; si je pouvais le dire.

Supposons que les lions viennent à décamper,
Et que tous les ruisseaux et les soldats s'enfuient,
Le Temps ne dira-t-il que : Je te l'avais bien dit ?
Ah, je te l'apprendrais, si je pouvais le dire. »

W. H. Auden

Le jour de mes cinquante ans, j'ai commencé à vieillir. C'était un sentiment violent. Ce jour-là j'ai compris le moins : j'aurais désormais moins de jours à vivre, moins d'énergie, moins de désir, moins de vitalité. Le décompte a commencé. L'horloge du temps interne s'est modifiée. Pourtant je n'avais rien laissé au hasard : j'avais choisi le paysage que j'aimais, j'avais mis le réveil à l'heure de ma naissance, j'ai lu le livre que je relis depuis des décennies, j'ai marché dans une forêt de cyprès, le soir les amis ont débarqué, une panne d'électricité nous a conduits à improviser des rocks endiablés dans les phares des voitures, dehors, sur une radio grésillante, sous un ciel étoilé. Rien n'y faisait. J'avais ce goût d'amertume dans la bouche et l'impression d'une fadeur de ma vie d'avant. Comme si j'étais passée à côté de ce qui m'avait été donné. En fait, je « calculais » le temps qu'il me restait et me donnais un quart de siècle. Aujourd'hui, je vais bientôt en approcher. Aujourd'hui, une fille qui naît en France a toutes les « chances » de devenir centenaire. Dois-je, moi aussi, me donner un peu plus de temps ?

Sommes-nous les metteurs en scène du film que nous produisons sans cesse ? Vivons-nous une collection de moments mal assemblés ? Disposons-nous, comme avant, d'une continuité de nos perceptions ? Dominique Rolin évoque, avec l'arrivée du grand âge, sa vraie mémoire qui s'éloigne au profit d'une seconde qui rythme le temps différemment et l'habitue progressivement à l'idée de sa propre disparition, banalement inévitable, donc impensable. « Un fleuve inouï m'emporte et, en dépit de ma révolte, j'y consens par la grâce des mots avec une sorte de fureur joyeuse. Je garde en moi mon Amour, splendeurs et déchirements mêlés. Je me fais belle. »

Nathalie Sarraute n'en revenait pas de parvenir sans encombre à la grande vieillesse. Elle qui a su si bien en parler dans *Tropismes*, alors qu'elle était une « jeunette » – c'était son premier livre –, en évoquant ces mouvements indéfinissables aux limites de notre conscience, a su traverser toutes les phases de la vieillesse avec lucidité, introspection et humour. Elle a vécu le grand âge comme une bénédiction et attendu d'avoir quatre-vingt-trois ans pour écrire *Enfance*, une splendeur, où elle rend visible l'invisible, où elle désencombre par des mots ce palais mental qu'était pour elle, petite, l'apprentissage du monde. La vieillesse permet le retour nu à la presque naissance : « Alors tu vas vraiment faire ça ? Évoquer tes souvenirs d'enfance ? (...) Comme ces mots te gênent, tu ne les aimes pas mais reconnais que ce sont les seuls mots qui conviennent. Tu veux évoquer tes souvenirs (...), il n'y a pas à tortiller c'est bien ça. »

Je me souviens de la fois où, étant venue lui rendre visite dans son appartement, elle me proposa d'aller au café d'en face où elle avait l'habitude d'écrire. Nathalie marchait à pas mesurés. C'était toute une aventure de traverser au passage clouté. Elle s'avança prudemment. De l'autre côté une dame l'observait, mi-admirative mi-goguenarde. Quand elle parvint enfin de l'autre côté, la dame se mit à l'applaudir bruyamment. Nathalie grommela : « Mais de quoi je me mêle, elle se prend pour qui cette femme ? Vieillir, c'est savoir continuer à faire ce qu'on faisait auparavant sans donner l'impression qu'on est diminuée. Dans ma tête j'ai toujours dix-huit ans. Elle croit que j'ai quel âge ? Savez-vous ce que répliqua la princesse Metternich à quelqu'un qui s'étonnait qu'elle ait encore des histoires d'amour à quatre-vingts ans ? "Je n'ai que quatre-vingts ans. Au nom de quoi voulez-vous me priver d'amour ?" »

Elle se tient droite, très droite sur le plateau de bois vêtue d'une tunique ocre et d'un pantalon large. Au-dessus d'elle, les étoiles qu'elle regarde longuement avant d'esquisser ses premiers gestes. Très lentement elle bouge sa nuque, déploie sa colonne vertébrale, s'avance vers le cercle de lumière et de ses grands yeux accentués par son crâne rasé nous regarde, l'air de dire : vous voyez à mon âge j'en suis toujours capable, et commence à danser. Elle s'appelle Germaine. Toute petite, sa grand-mère, prêtresse yoruba, lui a dit qu'elle possédait un don. Depuis Germaine Acogny est considérée dans le monde entier comme l'inventeuse d'une danse africaine contemporaine et a fondé l'École des Sables pour transmettre ses techniques qui sont aussi des modes de vie. Celle qu'on appelle la mamma dans son pays, le Sénégal, se joue des années qui passent, les considérant comme des bienfaits lui permettant plus de créativité et plus d'audace. Son corps lui répond mieux, plus en profondeur, ajoute-t-elle. Plus elle vieillit, plus elle retrouve ce qu'elle nomme le « corps oublié », les battements du cœur, les pieds nus sur la terre, un rythme intérieur datant peut-être de la toute petite enfance. Elle se compare à son arbre préféré, le fromager, dont les racines profondément enfoncées dans le sol sont impossibles à arracher, et a refusé, lorsqu'elle travaillait en France, d'arrêter sa carrière de danseuse et de prendre sa retraite à l'âge légal pour sa profession : quarante ans. « Chez nous les vieux dansent toujours et jusqu'au bout. » Devenue star sur le tard, elle puise de plus en plus dans sa propre généalogie. « Je suis la mère de mon père », dit-elle en dansant sous forme de transe la conversion forcée de son père au catholicisme. Plus elle avance en âge plus elle a l'intention d'en découdre avec cette vision occidentale de la vieillesse qu'elle pourfend sur scène avec humour. Montaigne, qui pensait que la vieillesse était l'âge de la « vraie vie », car habitée par la certitude de la finitude, ajoute que la vieillesse nous diminue chaque jour et nous mange tant que, lorsque la mort survient, elle n'emporte qu'un quart ou un demi-homme. Germaine, à qui sa grand-mère a appris que vieillir était une distinction et mourir un rite de passage, affirme que les liens entre le corps et la pensée sont à explorer autrement quand on vieillit, à condition d'accepter en soi une certaine « déprise ».

Avoir son âge est un droit qui n'a pas d'âge. Y compris quand on atteint ce qu'on nomme par commodité le grand âge. Avez-vous remarqué qu'on dit de moins en moins le grand âge, mais plutôt le troisième, le quatrième âge ; bientôt, on dira le cinquième pour parler des centenaires, qui sera un âge banal, comme n'importe quel autre. La langue s'est modifiée, les expressions se sont « adoucies », on ne dit plus les vieux mais les seniors, on parle de silver territoire, de silver économie, de silver life pour désigner tout ce peuple de plus en plus en forme, de plus en plus doté financièrement, de plus en plus nombreux, qui semble vouloir inverser la pyramide des âges. Les femmes aux cheveux blancs et les hommes aux tempes argentées menacent nos modes de vie, immobilisant leur capital, ne cédant pas leur place, exigeants et arrogants jusqu'à leur dernier souffle. Haro sur les vieux. Le vieillissement de la population est le phénomène le plus central de notre civilisation et la soudaineté de cet événement va nous mener à l'abîme, proclame Emmanuel Todd, depuis des années, du haut de ses connaissances de démographe. C'est l'angoisse, dit-il. Le cataclysme. Nous assistons à une immigration sauvage de vieux, prétend-il dans un raccourci plus que douteux. Comment donc se débarrasser de nos vieux ? À l'écouter, nous formerions une menace pour la courbe démographique ! Être vieux, c'est appartenir à une même communauté sans avoir à être désigné, voire stigmatisé. De la même manière qu'on ne peut être seulement défini ni par sa langue ni par son origine ni par sa classe sociale, on ne peut être uniquement catégorisé – on peut même dire réduit – à son âge. Être humain cela signifie : vivre comme si l'on n'était pas l'un parmi les autres, explique Emmanuel Levinas, c'est savoir que c'est moi qui supporte autrui, qui en suis responsable. Faut-il donc aujourd'hui rappeler que nous avons un devoir de solidarité vis-à-vis de nos plus âgés ? La question ne se posait pas ou peu avant la fin de la Seconde Guerre mondiale : les familles gardaient « leurs » vieux parents à la maison, s'en débrouillaient vaille que vaille, même si, à la campagne, le grand-père cédait bien souvent son patrimoine au fils qui l'hébergeait. Aujourd'hui, l'urbanisation, l'étroitesse des logements, la fragmentation et l'éparpillement familial contraignent le plus souvent les descendants à mettre leurs parents dans des lieux séparés, malencontreusement nommés maisons de retraite. En retrait donc. Tous ensemble, les vieux. Et le plus loin possible du cœur des villes. Il faut qu'ils soient invisibles au maximum, le plus séparés de la communauté des vivants Et pourtant chacun d'entre nous dépend des autres. Les jeunes incarnent l'avenir, les vieux le passé présent. Ils ne se sentent pas séparés comme un certain discours de plus en plus vociférant tend à nous le faire croire. Il n'y a pas, d'un côté une humanité essentielle, positive, représentative et, de l'autre, une humanité affaiblie, une sous-humanité.

On est passé d'une société de transmission à une société de consommation. Aujourd'hui, ce qu'on nomme le savoir n'a plus guère de sens. Les vieux sont considérés comme n'ayant plus rien à communiquer aux jeunes générations. D'où ce sentiment qu'ils sont « périssables », désemployés d'eux-mêmes, réduits non à ce qu'ils sont, ni même à ce qu'ils étaient, mais à une seule et même catégorie : la classe d'âge.

Prendre de l'âge comme on dit prendre du poids. Cela se passe imperceptiblement. Pendant des années on ne veut pas s'en soucier si on a la chance de ne pas avoir de soucis de santé. Le rythme de la vie se répète à l'identique avec ses rites qui font croire à l'immobilité du temps. Nous éprouvons la sensation de la fixité du temps tout en sachant qu'il s'écoule en nous et par nous. Comme lorsque nous sommes dans un train à quai et que celui d'à côté s'ébranle, nous donnant l'impression que c'est nous qui bougeons. Je veux penser mon âge mais en même temps plusieurs cohabitent dans le même instant : je suis enfant quand, à quatre pattes avec mon petit-fils, je joue aux Lego, je suis ado lorsqu'à la radio un tube de Johnny me donne envie de danser, je suis toujours étudiante quand je m'installe pendant des heures dans une bibliothèque en consultant des bibliographies à la recherche d'archives inédites, je suis toujours le cœur battant quand le rouge s'allume dans le studio, même après quarante ans de direct, je suis toujours dans le regret de ne pas avoir recommencé ma première année de médecine après mon échec, tant le désir de devenir psychiatre me taraude encore. Je le regrette et davantage aujourd'hui qu'il y a trente ans. Cette part idéalisée de moi-même que je n'ai pas su accomplir augmente avec la vieillesse. Ce n'est pas tant un regret que la certitude, hélas, que je ne pourrai jamais tenter de nouveau l'aventure, l'impression sourde d'être passée à côté.

Quelquefois des situations viennent vous rappeler votre âge sans crier gare. Ainsi je me suis retrouvée au chômage à l'âge de cinquante-trois ans. J'allais pointer chaque semaine au bureau de Pôle emploi dans les Hauts-de-Seine et j'étais reçue une fois par mois par une jeune femme dans son minuscule bureau, qui me faisait penser à un confessionnal, pour faire le point sur ma situation.

Nous avons vite sympathisé. Elle était vive, positive, pragmatique, débrouillarde et connaissait sur le bout des doigts la législation des sans-emploi. Un beau matin elle vient me chercher dans la queue le sourire aux lèvres, ferme la porte de son bureau et me dit d'un air triomphant : « J'ai une bonne nouvelle. » Elle sort des graphiques et des récapitulatifs de carrière. « Puisque vous avez travaillé de manière ininterrompue depuis vos dix-huit ans, vous pouvez prendre à taux plein votre retraite dès la semaine prochaine. » À sa grande surprise, et sans m'en apercevoir, je me suis mise à pleurer. C'était la double peine : la retraite comme une sorte de chômage éternel. La mise au rebut du marché du travail. Le sentiment d'être définitivement inutile. Mon histoire est hélas banale. La plupart des cinquantenaires au chômage ne trouvent pas d'emploi et chanceux sont celles et ceux qui peuvent bénéficier de la retraite. J'ai pourtant cherché du travail. Il ne m'a pas suffi de traverser la rue. Mais quand j'en ai retrouvé un, je me suis sentie « réparée », tant ma génération s'est construite – beaucoup trop sans doute – par et dans le travail.

Elle, elle a quatre-vingts ans et ne les paraît pas. Elle vient ouvrir la porte de sa maison au fond d'un jardin qui domine la boucle de l'Oise. Habillée d'un jean, les cheveux longs lâchés, pas maquillée, elle ressemble à une adolescente, tant la fougue, la sincérité, le désir d'être au plus juste de sa pensée l'animent quand on parle de ce sujet sur lequel elle a écrit des textes bouleversants. De manière pragmatique, tout en cueillant sa verveine sur le rebord en ciment de sa cuisine pour préparer la tisane, elle soupire « de toute façon on ne peut pas y échapper ». Puis elle se ravise : « Enfin si, en devenant vieille avant tout le monde. Moi j'étais vieille à vingt et un ans. Même enfant je me sentais toujours plus vieille que les autres. J'avais l'impression que les autres filles de l'établissement religieux où j'ai fait mes études étaient plus enfantines, plus légères. Moi je n'avais pas de légèreté. À quinze ans il me semblait avoir une expérience de la vie beaucoup plus grande que les autres. J'ai mis du temps à comprendre qu'en raison du métier de mes parents, des personnes parmi lesquelles je vivais, je savais des choses sur le sexe, la misère, que je n'aurais pas dû connaître à mon âge. Ce décalage faisait que je me SENTAIS vieille. » Annie Ernaux a évoqué dans *Les Armoires vides*, puis dans *La Honte*, ses années d'enfance et d'adolescence dans l'épicerie d'Yvetot, l'autre monde auquel elle n'appartient pas, ce décalage permanent qu'elle ressent avec ce que ses autres camarades vivent, ce poids du vécu qui lui donne de l'âge, elle à qui l'innocence a été refusée. « L'expérience qui ensuite m'a fait encore plus vieillir fut mon avortement. L'avortement fait vieillir toutes les femmes. Moi j'étais jeune et les filles de mon entourage n'avaient pas traversé cette épreuve. Moi je savais. » Ce savoir de la souffrance, Annie Ernaux l'a magistralement consigné dans *L'Occupation*. C'est tout son corps qui devient soudainement vieux : « D'ailleurs sans même m'en rendre compte après, alors que j'étais très jeune je me suis habillée comme une dame, je me suis fait un chignon, j'avais l'air d'une personne respectable... » Vieille donc très jeune, à l'intérieur comme à l'extérieur. Tout concorde en apparence pour avancer en âge, jusqu'au moment où elle retrouve, plus toute jeune, son corps, ses désirs, son pouvoir de séduction, sa gaîté de vivre : « On peut se sentir très jeune tout d'un coup. Cela m'est arrivé plusieurs fois, la première, quand je me suis séparée de mon mari, la seconde, quand j'ai fait une lourde opération qui m'a permis de ne plus boiter et de pouvoir marcher sur mes deux jambes égales, la troisième, quand j'ai pris des amants plus jeunes que moi et que je comprenais que j'étais encore désirable. J'éloignais la vieillesse mais sans y penser consciemment. C'est lorsque j'ai appris que j'avais un cancer du sein à soixante-deux ans que je me suis dit alors objectivement : "Je ne deviendrai donc jamais vieille." Avant je ne l'espérais pas, puisque je n'y pensais pas. Mais tout d'un coup, je me suis mise ardemment à désirer devenir vieille.

Quand je rentrais de la chimio dans le RER je regardais avec envie des femmes plus âgées que moi en me disant : “Et moi, je n’aurai pas cette chance.” Mon fils attendait à l’époque son premier enfant et j’avais hâte d’être grand-mère. Et puis, bien soignée, contre toute attente, c’était reparti pour un tour. J’ai eu cette chance de devenir vieille. »

L’après-midi d’hiver tire à sa fin. Annie Ernaux, avant que la nuit noire ne tombe, me parle de sa tristesse devant sa chatte qu’elle a vue mourir de vieillesse... Elle me montre les grands sapins devant sa bibliothèque. Les très vieux, dit-elle, perdent au fil des années leurs plus basses branches. Nous, pareil. Pas besoin de s’en attrister : « Ma peau, mon corps tombent, mes seins descendent. C’est une sorte de chute. C’est une loi de la nature qui ne me dérange pas. Ce sentiment de la vieillesse s’est accompagné pour moi d’une perte de désir. Je n’avais plus envie de vivre des aventures avec des hommes, à dire vrai plus le courage de souffrir. Bien sûr on peut lutter. Le lifting ? comme tout le monde j’y ai pensé, je l’ai décidé et puis, comme par malice, un psoriasis géant m’en a empêchée. Depuis j’ai décidé de ne plus lutter. »

Je lui dis qu’elle ne « fait pas son âge ». Elle n’est pas d’accord. Elle juge qu’elle « l’a », qu’elle le « fait », qu’elle ne peut plus jardiner comme avant, marcher des journées entières, dormir sans se réveiller de nombreuses fois, donc se sentir embrumée le matin, avoir envie de faire une petite sieste après le déjeuner. Elle en rit et ne veut pas faire un catalogue de lamentations. Elle a fait ce qu'elle a pu de sa vie, n'éprouve pas de regrets, sa vie peut s'arrêter, elle est bien remplie : « L'important est le sentiment d'exister. J'ai une autre existence que mon existence. L'âge n'y change rien. »

Elle, elle vient d'avoir soixante ans. Elle habite Paris au sixième étage d'un appartement, avec son mari André, scientifique de haut vol, qui a déjà arrêté ses activités volontairement, car il savait qu'il était trop âgé pour continuer à exercer pleinement son métier. Elle, elle n'a pas choisi : elle a été mise d'autorité à la retraite comme tout fonctionnaire qui a atteint la limite d'âge et, tout d'un coup, elle a du temps, trop de temps, un temps illimité qui l'empoisse et l'angoisse. Alors elle sort dans la rue pour se désennuyer et là, dans l'espace public, elle voit des vieux, beaucoup de vieux qu'elle ne voyait pas auparavant ; des vieux pas avenants, pas soignés, acariâtres, un peu agressifs. Elle se met à avoir peur de leur ressembler bientôt. Administrativement elle est déjà dans la même catégorie. D'ailleurs, elle ne sait plus très bien qui elle est, ni avec son fils qui la déçoit, ni avec son mari qui, selon elle, vieillit à toute vitesse. Elle se sent en prison dans son appartement depuis qu'elle y est assignée et pense que son angoisse diminuera si elle gagne le dehors. Alors elle « sort » : elle pousse au hasard la porte des cafés, boit de l'alcool, repart. Les souvenirs remontent à la surface : elle se revoit avant. Avant, du temps où elle enseignait, la répétition annuelle des rites et particulièrement celui de la rentrée des classes qui lui donnait l'illusion d'être hors du temps. Elle était hors de l'âge et, tout d'un coup, elle est précipitée dedans : « Dans l'océan du temps j'étais un rocher battu de vagues toujours neuves et qui ne bouge pas, et qui ne s'use pas. Et soudain le flux m'emporte et m'emportera jusqu'à ce que j'échoue dans la mort. Tragiquement ma vie se précipite. Et cependant elle s'égoutte en ce moment avec quelle lenteur – heure par heure, minute par minute. Il faut toujours attendre que le sucre fonde, que le souvenir s'efface, que la blessure se cicatrise, que le soleil se couche, que l'ennui se dissipe. Étrange coupure entre ces deux rythmes. Au galop mes jours s'échappent et en chacun d'eux je languis. » Dans *L'Âge de discrétion* Simone de Beauvoir raconte admirablement comment, de l'intérieur de soi-même, l'effondrement psychique peut procurer le sentiment de vieillir. Son héroïne est, dit-on, « bien conservée » – quelle expression ! – mais mise hors d'usage socialement. « Ça existe la vieillesse et ce n'est pas drôle de dire qu'on est fini », dit-elle à son époux, qui lui propose de ne pas regarder trop loin et de vivre à la petite semaine sans s'abîmer dans la pensée de la mort. Il a beau argumenter elle n'en prend manifestement pas le chemin... Son mari, lui, a trouvé la solution pour se projeter dans l'avenir : apprendre ce qu'il ne sait pas encore, juste pour le désir d'apprendre. L'héroïne de Simone de Beauvoir, justement, n'a pas le goût de l'avenir ni même du présent. Elle se voit vieillie, s'englue dans ce sentiment, n'imagine pas d'autre horizon que la décrépitude. Son impatience à vivre, cette exigence de vivre à plein régime l'empêchent paradoxalement d'accepter cette lente métamorphose. Comment ne pas être broyé par la roue du temps ? En pratiquant la lente acceptation d'un destin qu'on peut transformer en liberté intérieure, voire en apprentissage philosophique. Ainsi de François Mauriac, qui consigne dans son journal : « Je ne me sens détaché de rien ni de personne. Mais vivre suffirait désormais à m'occuper. Le sang qui afflue encore à ma main posée sur mon genou, cette mer que je sens battre en dedans de moi, ce flux et ce reflux qui ne sont pas éternels, le monde si près de finir exige une attention de tous les instants, de tous ces derniers instants avant le dernier : la vieillesse c'est cela. » Mauriac est heureux d'être encore en vie. Joie de la vieillesse. Jubilation même, car intensité de comprendre sa présence au monde et dans le monde. Adhésion de soi à soi dans cette perception du surplus d'expériences et de sensations que donnent les années écoulées. Cela suppose une certaine lenteur, une sorte d'habitude à se voir vieillir, un consentement volontaire qui exclut que, tout d'un coup, l'âge vous tombe dessus comme la foudre un soir d'orage. C'est ce qui arrive à Monsieur Monde – quel nom – le personnage inventé par Simenon dans son roman *La Fuite de Monsieur Monde* : le sentiment de la vieillesse lui tombe dessus, d'un coup, d'un seul, le matin de l'anniversaire de ses quarante-huit ans. Une étrange langueur s'empare de son être, une sensation d'évanouissement, une fatigue incommensurable l'empêchent de se couler dans le flux du temps comme il le faisait mécaniquement. Il n'est plus là. Ni pour lui-même, ni pour les autres, d'autant plus que ceux-ci – sa femme, son fils, sa fille, ses employés – oublient de lui fêter son anniversaire. Alors il part à l'aventure, échoue à Marseille dans une chambre d'hôtel du Vieux-Port, avant de se coucher sur le sable le long de la mer. « Ce qui ruisselait de son être par ses deux yeux, c'était toute la fatigue accumulée pendant quarante-huit années, et si ces larmes étaient douces, c'est que maintenant l'épreuve était finie. » Ce génie qu'est Simenon rend compte de manière existentielle de la façon dont un être humain peut se sentir vieux alors qu'il ne l'est pas. Le plus difficile pour nous tous n'est pas tant de devoir vieillir – nul vivant ne peut s'y soustraire malgré toutes les petites tricheries d'apparence qu'on nous propose – mais de se ranger soi-même dans la catégorie des déjà vieux.

Peut-on échapper à l'âge et au vieillissement ? Nous disposons d'une infinité d'âges en nous sans le savoir, prisonniers que nous sommes du statut qu'on nous attribue de l'extérieur. Nous sommes sans cesse infiniment jeunes et vieux en même temps, infiniment finis que nous sommes, diminués par l'absence de croyance en nos possibilités.

C'est parce qu'il se sent vieillir que, de lui-même, il se décide à tout quitter : pouvoir, richesse, responsabilités. Pour deux de ses filles il a toujours été fantasque. La vieillesse ne va qu'augmenter, craignent-elles, ses caprices, ses incohérences, ses coups de tête. Après avoir été chassé par la première qui lui a demandé d'être « sage » – puisque vieux il devrait être vénérable – il persiste à demeurer vagabond. Il cherche alors refuge auprès de la seconde qui lui oppose aussi un refus : « Sire, vous êtes vieux. En vous la nature est sur le rebord extrême, où il suffit d'un rien. Il faut vous laisser gouverner, guider par des gens qui voient mieux que vous le point où vous en êtes. » Lear supplie Régane de lui donner l'hospitalité. Il s'agenouille devant elle et s'excuse... d'être vieux :

« Mon enfant, je t'avoue que je ne sers à rien !
J'ai honte de mes ans, j'ai tort de vivre encore. »

Seul le fou pourra calmer Lear de sa douleur d'être resté humain. Lear n'est pas seulement un vieillard, il est aussi un mourant. Et seule la troisième fille, Cordélia, sera capable de le lui faire comprendre. Elle le tirera de la tombe. En le reconnaissant elle lui permet de se reconnaître, lui, tel qu'en lui-même :

« Je suis un pauvre vieil idiot qui a trop aimé
Quatre-vingts ans, peut-être plus, sûrement pas moins.
À parler franc j'ai peur de ne plus avoir ma tête. »

Cordélia morte, Lear porte son cadavre sur la scène. Cordélia, c'est la Mort, dit Freud. Cordélia l'autorise à choisir la mort, à se familiariser avec l'idée de mourir.

Il mourra dans ses bras, ayant vécu le pire, avec le sentiment d'avoir usurpé LA vie, SA vie. Lear si proche, Lear qui nous parle à l'oreille, Lear notre contemporain, qui nous apprend à coïncider avec ce rien que nous sommes, en travaillant à intensifier cette prise de conscience, qui nous indique comment parvenir au JE sous le moi, lui pour qui la fin de la vieillesse est aussi la fin des faux-semblants et celle des vilenies.

La vieillesse comme chemin de sagesse ? De nombreux écrits depuis l'Antiquité attestent de cette croyance, partagée encore dans certaines sociétés, où le savoir et l'expérience conservent l'aura de la crédibilité et de la légitimité. Dans la plupart des sociétés traditionnelles d'Asie du Sud-Est et d'Afrique noire, les vieillards, d'autant plus précieux qu'ils sont peu nombreux, reçoivent de multiples signes de distinction et de considération car ils deviennent les intercesseurs du monde surnaturel. Vieillir est une chance, un progrès pour soi mais aussi pour toute la société qui va en profiter. Les personnes âgées gardent ou acquièrent un statut social plus élevé que celui dont elles jouissaient à d'autres âges de la vie et gardent ou acquièrent le pouvoir de contrôler et de gérer les ressources matérielles et immatérielles. Elles sont détentrices de la connaissance des rites, des généalogies, des alliances. On les admire et on les craint. Chez les Aborigènes australiens, seuls les hommes âgés dans les sociétés de chasseurs-cueilleurs ont le droit d'épouser plusieurs femmes bien qu'ils ne soient plus des chasseurs et qu'ils n'aient plus la capacité de courir. Les hommes jeunes doivent attendre l'âge de trente ans pour se marier et encore auront-ils l'obligation de chasser pour leur beau-père. L'échelle de la performance est basée sur le savoir-pouvoir. L'âge est donc un privilège car les vieilles et les vieux maîtrisent les rituels dont dépend l'avenir des plus jeunes.

Dans nos sociétés européennes cet équilibre entre savoir et âge est rompu. Vieillir est perçu la plupart du temps comme une altération qui entraîne un sentiment de dévaluation. Au lieu d'être un processus évolutif, la vieillesse est devenue un phénomène dégénératif, d'où ce sentiment de défiance, d'indifférence, voire d'agressivité, véhiculé et répété à satiété depuis des décennies. Heureusement certaines, certains se rebellent, les lanceuses et lanceurs d'alerte de ce continent gris où on voudrait les ensevelir pour ne plus avoir à les écouter.

Car la découverte de la vieillesse peut être aussi la porte vers de nouvelles capacités, ignorées de nous-mêmes. La vieillesse comme verdeur. La vieillesse comme remise en question. Ainsi Katsushika Hokusai, dans sa postface aux *Cent Vues du mont Fuji*, explique qu'il a produit des quantités de dessins mais qu'il en était mécontent jusqu'à l'âge de soixante-dix ans : « C'est à l'âge de soixante-treize ans que j'ai compris la forme et la nature vraie des oiseaux, des poissons, des plantes, etc. Par conséquent, à l'âge de quatre-vingts ans j'aurai fait beaucoup de progrès, j'arriverai au fond des choses ; à cent, je serai définitivement parvenu à un état supérieur, indéfinissable, et à l'âge de cent dix, soit un point, soit une ligne, tout sera vivant. » Ainsi Sviatoslav Richter qui, au seuil de la mort, riche de toutes ses interprétations, rêve encore jusqu'à son dernier souffle d'une tournée avec un concert tous les deux jours, annoncé par un garde champêtre dans la petite église ou une classe de l'école communale de n'importe quel village. Sans oublier Pierre Soulages qui, indifférent à tout ce tintamarre fait autour de son centenaire, continue à éprouver le même plaisir à peindre chaque jour sans renoncer à ses expérimentations dans l'outrenoir. La vieillesse, comme un engagement vis-à-vis de soi-même de ne pas déroger à ce qu'on tente d'être. Être sans arrêt en éveil, sans le vif de l'existence, ne pas se décevoir, tenir bon malgré les embûches et ne jamais se plaindre. Ne pas en faire une histoire. Nombreuses sont les personnes qui pratiquent cet art de vivre discrètement, sans crier gare, comme une seconde nature. Cela suppose un humour certain, une santé de fer, du courage, une prise de distance. La vieillesse ni comme un destin tragique ni comme un ensommeillement généralisé, mais comme un art de vivre.

Elle me reçoit dans son appartement où les livres dialoguent avec les tableaux dans chacune des pièces. Atmosphère douce et feutrée par cet après-midi d'hiver. Je la regarde. Je la connais depuis longtemps – des décennies – et à chaque fois que je la vois je suis sidérée par son air malicieux de gamine facétieuse. Ses yeux rient. L'allure est elle aussi celle d'une adolescente corsetée, bien éduquée : le corps est droit, le maintien impeccable, le visage d'un ovale parfait. À la question : te sens-tu vieille ? elle répond tout de suite : « J'ai dix-sept ans. » Celle qui a raconté magistralement dans *Composition française* son éducation bretonne entre une mère veuve très jeune et une grand-mère soucieuse des convenances sociales et du qu'en dira-t-on, se souvient très bien de la libération que fut pour elle l'inscription en khâgne à Rennes, le départ du domicile familial, la joie de faire ce qu'elle voulait quand elle le souhaitait, sans que personne lui pose de question. Plus le temps passe, plus elle se rend compte que sa grand-mère – pensant sûrement bien faire – a empêché sa mère de faire sa propre carrière et l'a ensevelie dans son propre chagrin. Mona, elle – en réaction ? –, a toujours voulu être heureuse : « Je déteste le malheur, j'ai eu un projet dans ma vie, aimer un homme, lire des livres, vivre en lisant. Dix-sept ans, ce fut l'âge du bonheur puis ensuite la trentaine. J'ai eu la vie que j'avais rêvée : vivre avec un homme que j'aimais et en qui j'avais une confiance absolue et partager avec lui les mêmes passions. » Ils travailleront ensemble, ils cosigneront des livres, ils militeront ensemble, ils feront du journalisme ensemble, formant pour ma génération un couple modèle d'intellectuels engagés. Mona vit seule depuis la disparition tragique de Jacques Ozouf, grand historien, professeur adulé de ses élèves – dont je fus – et qui se battra comme un lion contre les conséquences d'un accident vasculaire cérébral. Mona souffre d'une grave maladie oculaire et ne s'en plaint pas. Mona continue à vivre… comme si elle avait dix-sept ans, consciente des risques qu'elle prend sans vouloir les mesurer véritablement : « Je voyage trop, je réponds aux sollicitations, comme je vois très mal, je trébuche dans la rue ou je ne vois pas certains panneaux. Cet été dans une gare j'ai pris avec ma valise des escaliers mécaniques dans le mauvais sens. J'ai eu de la chance. Je ne me suis fêlé que deux côtes seulement. Ç'aurait pu être pire. Je ne peux plus courir après un bus, je pense qu'hélas je n'irai plus à Venise. Je ne sens pas que je vieillis mais je remarque que l'existence elle-même se rabougrit. Le monde se dépeuple. Je suis allée au Père-Lachaise la semaine dernière. Je n'y ai vu que des personnes que je n'avais pas vues depuis longtemps et à qui j'ai trouvé triste figure tout en me disant qu'elles devaient se faire à mon sujet la même réflexion. J'avais l'impression d'être physiquement dans *Le Temps retrouvé* de Marcel Proust. J'ai perdu mes plus vieux amis avec qui je pouvais rire aux larmes des plaisanteries les plus éculées ; heureusement j'ai un stock d'amies un peu plus jeunes que moi. » Mona veille à ne pas s'enfermer dans la solitude et entretient des liens avec l'extérieur, quelquefois en se forçant. La solitude, dit-elle, n'est agréable que si elle se gouverne. Les soirs d'hiver, elle resterait bien chez elle, mais elle s'aventure dans la ville et accepte les invitations : « Je n'ai pas envie qu'on dise de moi : Ça y est, elle ne sort plus, c'est fini. » J'écoute Mona et je pense à cette page du *Temps retrouvé* où le narrateur est bien obligé de se rendre compte, quand il regarde les autres, que lui aussi est embarqué dans le même vaisseau du temps : "Alors moi qui depuis mon enfance, vivant au jour le jour et ayant reçu d'ailleurs de moi-même et des autres une impression définitive, je m'aperçus pour la première fois, d'après les métamorphoses qui s'étaient produites dans tous ces gens, du temps qui avait passé pour eux, ce qui me bouleversa par la révélation qu'il avait passé aussi pour moi. Et, indifférente en elle-même, leur vieillesse me désolait en m'avertissant des approches de la mienne." » Mona trouve cependant des avantages à la vieillesse : « L'âge permet, pour reprendre l'expression de Flaubert, un certain allègement de l'existence. Quel plaisir. On a trié à peu près et on sait distinguer l'essentiel de l'accessoire. On ne gâche plus sa vie avec des détails. Après avoir été cabossée par la vie, j'ai appris qu'il ne fallait pas perdre de temps avec les petits énervements de l'existence. La vieillesse vous révèle à vous-même et vous permet de comprendre qui vous êtes, ne cesse de répéter George Sand à Gustave Flaubert, qui ne semble pas convaincu. Moi si. Les chiquenaudes de l'existence vous réveillent de ce sentiment d'amoindrissement qui vous tombe dessus à l'improviste. Ce n'est pas tant de se trouver moche devant le miroir qui est désagréable, que de ne pas se reconnaître. Mais il faut avoir un projet : c'est l'assurance que tout n'est pas fini. Finalement la vieillesse complique la vie physique et la vie matérielle mais simplifie la vie morale. »

Le lendemain elle m'envoie par mail plusieurs définitions. Un vrai catalogue à la Prévert à partir de ce foutu mot de perte, si obstinément associé à la vieillesse : « On perd ses cheveux, on perd patience, on perd le nord, on perd confiance, on perd son job, on perd la partie, on perd ses proches, on perd son âme, on perd ses lunettes (son sac, ses gants, son parapluie), on perd la boule, on perd la parole, on perd le boire et le manger, on perd sa trace, pour finir on a tout perdu. »

Oui mais on gagne beaucoup plus que ce qu'on perd : on gagne le détachement, une certaine sérénité, un je-m'en-foutisme jubilatoire, une joie des petits instants – le goût du thé, une éclaircie de bleu un jour de novembre, une chanson à la radio –, on sait qu'on est là quand même dans le flux de la vie, quelquefois plus vivant dans le regard des autres que pour soi dans notre soliloque intérieur où, certains jours, on a justement l'impression de ne pas être complètement en vie. Comme si ce sentiment de la vie s'affadissait dans une sorte de confort brumeux, on ne fait plus vraiment corps avec soi-même, on devient moins impatient, moins goulu, on le remarque et c'est désagréable mais on a – alors qu'on n'y a jamais pensé ni dans la jeunesse ni dans l'âge adulte – la certitude qu'on est tout de même vivant là-dessous. Rester intrigué par ce qui fait vivre est consubstantiel à l'être humain. Vieillir, c'est aussi ne pas oublier que la jeunesse respire en vous, que le temps l'a laissée intacte. Nos joies sont jeunes, nos souffrances aussi même quand on est vieux. La vieillesse n'est pas le prix à payer pour tous les bonheurs éprouvés dans le passé. Ce n'est pas un guichet où il faut montrer ses papiers. Ce n'est pas une immobilité mais un mouvement perpétuel, un voyage dangereux mais jouissif où on largue les amarres. Continuer à être soi dans une forme d'innocence revendiquée.

La vieillesse est une construction sociale. La manière dont on déconsidère encore les femmes aujourd'hui, malgré l'avancée de certains droits, permet-elle d'affirmer qu'être vieille est plus difficile que d'être vieux ? Hélas, tous les indicateurs sont au rouge : d'abord la femme vieille fait peur aujourd'hui comme autrefois. Dans le Roussillon le jour de carême, un pantin représentant une vieille femme à sept pieds (les sept semaines du carême) était brûlé sur la place publique. En Italie le quatrième dimanche du carême on célébrait la fête dite du « sciage de la vieille femme » : on faisait semblant de découper une femme en deux avant de la jeter au feu. La dernière « exécution » eut lieu à Padoue en 1747. Partout, dans toutes les civilisations, la vieille femme est porteuse de maléfices et de sortilèges. Dans l'Antiquité les femmes qui vieillissaient étaient, comme les esclaves, dénuées de tout pouvoir et ne pouvaient, comme les hommes vieux – car pour eux l'âge pouvait être un privilège –, faire partie d'aucun conseil. Elles étaient hors jeu. Mariées très jeunes – dès douze ans à Rome – elles disparaissent du champ de la cité et ne participent jamais à la vie des hommes. Dans certaines civilisations africaines, cette absence de participation à la vie politique est justifiée par la peur qu'elles inspirent, liée à leur pouvoir d'enfanter. Quand une femme devient vieille elle est ménopausée, donc a priori elle devrait être jugée moins dangereuse. C'est le contraire qui se passe : la femme ménopausée accumule de la chaleur en elle, puisqu'elle ne perd plus de sang, et cette chaleur crée un tel désordre qu'on l'accuse souvent d'être une sorcière, surtout lorsqu'elle n'est pas sous l'autorité d'un mari ou d'un frère. Elle est suspectée d'être jalouse de ne plus pouvoir enfanter et d'autant plus suspecte si elle continue d'avoir des rapports sexuels auxquels elle devrait, en principe, renoncer, car elle menace en faisant l'amour de rendre malade jusqu'à en mourir l'homme qu'elle a choisi. Françoise Héritier avait dans son livre *Masculin/Féminin II* attiré notre attention, il y a vingt ans, sur ces vieilles femmes renvoyées des villages, notamment au Burkina Faso, et laissées dans la brousse pour y mourir. Ces pratiques perdurent de nos jours et des ONG et des associations religieuses tentent de leur venir en aide. En Inde, dans les milieux traditionalistes, la veuve est encore aujourd'hui considérée comme responsable de la mort de son époux. Elle est bannie et, pour ne pas être mutilée ou mise à mort, elle s'enfuit dans des villages d'accueil près des temples où elle est misérablement entretenue en échange de prières et de chants à la divinité. Sorcières, folles, les femmes âgées rompent l'ordre symbolique de la société. Rares sont les civilisations où elles sont respectées en tant que telles, comme chez les Kikuyu où la femme âgée est considérée comme « ressuscitée des ancêtres », réputée « remplie d'intelligence », et où elle intervient dans les affaires du village. Au Sénégal, chez les Wolof et chez les Serer, la vieille mère du roi était vénérée par le peuple. Un peu partout en Afrique noire, ce sont les vieilles femmes qui choisissent le mari de leur fille mais aussi l'épouse de leur fils. Cette considération des vieilles, ainsi que cette toute-puissance qui leur est accordée, vient aussi du fait qu'en vieillissant elles perdent leur féminité et sont, de plus en plus, assimilées… à des hommes.

« Qu'est-ce qui vaut le mieux ? Une éphémère fleur fraîche dans un jardin ou une éternelle fleur séchée dans un herbier ? » Vladimir Jankélévitch

Dit-on que les vieilles sont belles ? Oui, mais de manière péjorative. On dit plutôt la vieille qui fait encore la belle, regardez-la, elle porte des vêtements serrés, des couleurs criardes, des talons hauts, elle a les cheveux longs et décolorés. Au fond elle fait pitié. Certes le phénomène de la « cougar » – femme qui s'autorise à choisir des amants plus jeunes qu'elle pour conserver son fluide vital – a eu son heure de gloire mais maintenant on en parle moins. Elle doit commettre ses frasques en se cachant. Au XIXe siècle, à trente ans, une femme a accompli sa vie ou ruiné toutes ses espérances. Balzac l'a immortalisé, avec le personnage de Julie, mal mariée – Balzac, dans ce texte, écrit que le mariage est une prostitution légale – qui s'aperçoit qu'elle est otage et esclave des lois sociales. Julie se révolte parce qu'elle est encore jeune et qu'elle ne veut pas se voir vieillir comme celles qu'elle rencontre dans les salons, ce troupeau de vieilles dames pathétiques aux visages si ridés qu'il ne leur restera plus qu'à vivre bientôt recluses, cachées tant elles font peur : « Une tête de vieille femme n'appartient plus ni au monde qui, frivole, est effrayé d'y apercevoir la destruction de toutes les idées d'élégance auxquelles il est habitué, ni aux artistes vulgaires qui n'y découvrent rien mais aux poètes. » Pour Balzac, seul le poète peut décrypter et comprendre la beauté des vieux. Tous les autres la fuient. La seule issue est donc de disparaître : « Que ne pardonne-t-on pas aux vieillards lorsqu'ils s'effacent comme des ombres et ne veulent plus être qu'un souvenir ? » Pour l'auteur de *La Comédie humaine*, il y a quatre âges dans la vie d'une femme et chaque âge crée une nouvelle femme. Mais au-delà de quarante-cinq ans, c'est fini, elle n'existe plus. Il faut dire que la mortalité à cette époque lui donnait raison et que lui-même est mort à l'âge de cinquante et un ans. Alors d'où vient la gourmandise et l'énergie avec lesquelles George Sand vit le dernier tiers de son existence ? Elle n'a jamais caché que la vieillesse était pour elle la période de l'accomplissement, celle où l'on s'autorisait enfin à faire ce que l'on voulait. À Flaubert elle écrit : « Tu vas bientôt entrer dans l'âge le plus heureux de ta vie, la vieillesse. » Ses amis, comme Sainte-Beuve, louaient ce qu'ils nommaient « ses écarts ». Elle a su longtemps collectionner les amants, en avoir toujours un à disposition au cas où, elle n'a cessé d'affirmer son indépendance et sa liberté en continuant à revendiquer l'importance pour elle de l'accomplissement de ses désirs physiques. L'entraînement passionnel est à ses yeux une règle de vie. Si le corps veut, l'esprit peut alors suivre. Elle se révolte contre « la prédication de ce missionnaire à front chauve et à barbe blanche, appelé le Temps ». La disette du plaisir, ce n'est pas son truc mais elle pratique ce qu'on appellerait aujourd'hui l'écoute de son propre corps. Ainsi, arrive un moment où le temps ne réclame plus son dû. Elle le note mais ne s'en alarme pas, considérant que c'est un accès pour elle à une nouvelle innocence. Rares sont les femmes qui, ayant dépassé un certain « cap », osent parler de leur sexualité. Benoîte Groult pratiquait comme George l'art de l'amour physique comme panacée pour ne pas se sentir vieillir. L'amour physique est bien plus efficace – et agréable ! – que tous les liftings.

Dans son *Journal d'Irlande*, publié après sa mort, Benoîte nous raconte comment, pendant ses vacances, elle lâche son mari Paul pour rejoindre son amant Kurt, qui lui répète toute la journée qu'il l'aime et le lui prouve. Ce n'est pas le cas de Paul, qui lui parle plus de ses états d'âme qu'il ne la caresse. Kurt, lui, démarre au quart de tour et la désire plusieurs fois par jour : cela fait trente-cinq ans que ça dure. Au point que Benoîte en conclut : « Il est MA FEMME. Et c'est d'une femme que j'ai besoin : douce, dévouée, effacée quand il le faut.

Avec, en prime, ce miracle d'être un homme la nuit. » Est-ce l'amour qui lui a permis de ne pas sombrer dans le précipice ? C'est ainsi qu'elle parle de la vieillesse ? Elle ne se voit pas vieille, elle ne s'imagine pas vieille. Les autres, oui, le sont : « Paul est prématurément vieux, Kurt tardivement. Moi à part mes rides je ne sens aucun signe de vieillesse... » Il lui faudra attendre d'avoir soixante-dix-neuf ans pour sentir son corps s'alourdir, se fatiguer, ses désirs s'émousser : « Je suis entrée dans un nouveau pays. J'ai franchi une frontière même si je vagabonde encore dans la vraie vie, sans soucis. » Hélas, Benoîte sombrera plus vite qu'elle ne le pensait dans l'inconscience de la sénilité et sa fille Blandine de Caunes, au nom de la liberté de sa mère, racontera dans *La Mère morte* sa fin tragique.

Est-il définitivement terminé le temps de l'opprobre adressé aux femmes dites d'âge mûr qui revendiquaient leur désir ? Jane Fonda affirme qu'elle a attendu d'avoir quatre-vingts ans pour « fermer la boutique ». Avant, elle avait autant besoin de sexe que d'amitié et dit avoir découvert à soixante-dix ans l'extase amoureuse avec son nouveau mari. Noëlle Châtelet, dans *La Femme coquelicot*, met en scène une veuve de soixante-dix ans qui, à sa stupéfaction, tombe amoureuse d'un homme de son âge qu'elle rencontre dans un café. Progressivement cette femme, que ses propres enfants avaient catégorisée dans la case vieille dame, à qui aucune vie sexuelle n'était imaginable, se met à percevoir le monde autrement. Le désir de cet homme si doux réveille le sien. La considération qu'il lui témoigne l'autorise à devenir, pour la première fois de son existence, sujet et objet de désir. Elle qui était « close » devient « fendue » et, par cette fente, s'engouffre enfin la passion. Elle qui était invisible vit désormais en pleine lumière, elle qui était reléguée devient « pleine, investie, prise d'assaut ».

Lenteur et douceur sont d'ailleurs les deux revendications qui reviennent le plus souvent dans les enquêtes faites sur ce sujet encore tabou. Slow sex. Au Japon – pays le plus âgé du monde –, l'érotisme pour les vieux constitue un marché juteux. L'un des maîtres érotiques de cette nouvelle pratique s'appelle Shigeo Tokuda. Il a quatre-vingt-cinq ans et est l'acteur porno le plus vieux du monde. Ses vidéos – plus de 350 – obtiennent un succès jamais démenti, depuis qu'il a compris, après sa retraite de guide touristique, qu'il pouvait faire de ses charmes – calvitie prononcée, petite taille, l'air de monsieur Tout-le-Monde – un véritable business. Au Japon, trente millions de personnes ont plus de soixante-cinq ans. Le marché porno est en pleine expansion. Entendons-nous bien. M. Tokuda reste en costume trois pièces et fait se pâmer des femmes en leur léchant les doigts ou en embrassant leurs pieds. Toujours au Japon, depuis longtemps, des poupées robots miment l'amour. Dans leur tête un ordinateur permet de programmer l'application préférée. Et ces poupées sont mises à la disposition des pensionnaires dans certaines maisons de retraite, ou sont livrées par Internet à des veufs esseulés. En Corée des hologrammes sexy avec jupe ras du bonbon et voix cristalline veillent sur leurs propriétaires et les bordent dans leur lit la nuit venue en leur faisant des câlins sophistiqués. Aux États-Unis, ce n'est pas le même genre de spécialité érotico-maniaque qu'on peut découvrir en regardant les vidéos américaines spécialisées dans le sexe MILF, comme *Moms I'd like to fuck* pour dames âgées très excitées. Elles en demandent plus, plus vite, plus fort, plus souvent. Le marché du old sex a de beaux jours devant lui partout dans le monde, si l'on tient compte des données démographiques : les hommes vivent moins longtemps que les femmes. En France, actuellement, deux hommes pour huit femmes cohabitent dans les maisons de retraite et ce sont souvent les femmes qui courtisent les rares prétendants, au scandale de certains personnels soignants qui se montrent choqués et répriment les agissements des pensionnaires, à tel point que la ministre de la Santé a établi une feuille de route, à l'été 2018, détaillant la stratégie nationale de santé sexuelle pour les personnes âgées, en précisant que les maisons de retraite sont aussi des lieux de vie et que l'amour n'y est pas interdit. En France, nous sommes très en retard sur la reconnaissance de ce sujet qui reste encore tabou. Quand on interroge, comme je l'ai fait, des dizaines de femmes à partir de soixante-dix ans, et qu'on aborde ce sujet, l'écrasante majorité d'entre elles vous avoue : « Depuis que je suis vieille, au moins je suis débarrassée de ce fardeau. » Ce leitmotiv d'une nouvelle période de vie sans « devoir conjugal » et obligation de passer par le guichet du sexe rejoint les réflexions, études menées par les plus jeunes générations de féministes qui dénoncent avec justesse l'ordre patriarcal ancestral auquel, nous les femmes, nous nous soumettons encore. Ce n'est pas une raison pour souhaiter de vieillir au plus vite pour être débarrassée de cette société du refus du consentement. Dans son beau livre intitulé *Automnes*, sous-titré « Plus je vieillis, plus je me sens prête à vivre », Christine Jordis se fait l'écho de conversations avec ses amies qui, l'âge venant, concentrent leurs efforts sur ce qui est visible : le visage et l'apparence générale, et désinvestissent progressivement leur corps. Si certaines femmes n'entendent pas en vieillissant mettre fin à leur vie amoureuse, d'autres, pour qui plaire et séduire fut un esclavage, abordent cette période de leur vie comme un espace de liberté insoupçonnée. L'invisibilité que donne l'âge leur permet d'entrer dans un monde nouveau débarrassé, et de la domination masculine, et du souci de soi. Ce nouveau « mysticisme de l'âge » s'accompagne de la lecture des grands maîtres du bouddhisme, de la possibilité de se ressourcer dans la contemplation des paysages ou la joie intense de la musique. Bref, la vieillesse comme une nouvelle naissance.

En Suisse, en 2007, une nouvelle profession est née : celle d'assistant sexuel. Reconnue et réglementée comme services à la personne, ces assistants et assistantes – qui exercent parallèlement un autre métier – aident les personnes âgées à reconquérir leur sexualité. Dans les maisons de retraite au Danemark, des vidéos pornographiques sont à la disposition des pensionnaires et des pancartes « Ne pas déranger » sont disponibles dans toutes les chambres. Des « chambres d'intimité » sont expérimentées depuis plusieurs années avec un vif succès au Québec. En France, les publications médicales dans des revues spécialisées et les enquêtes sur ce sujet, autrefois tabou, semblent indiquer un changement de perspective, hélas toujours pas entré dans les mœurs des institutions.

Le sentiment de l'âge atteint-il plus les hommes que les femmes ? Les hommes se sentent souvent moins vieux qu'ils ne sont, tout en ayant tendance à trouver leurs compagnes plus vieilles qu'eux. C'est pourquoi certains en changent, comme si c'était une loi de la nature. Un homme aux cheveux argentés peut sortir avec une jeune femme qui pourrait avoir l'âge de sa fille sans qu'on le regarde de manière suspicieuse. On n'en dira pas autant d'une femme dite mûre qui sort avec un jeune homme. Les hommes vieillissants se montrent souvent inquiets de voir leurs capacités sexuelles diminuer. La littérature regorge d'exemples de ce genre. *Les Belles Endormies* de Kawabata en offre un miroir parfait : dans une auberge isolée, seuls des hommes vieux ont le droit d'entrer pour se reposer et dormir auprès de jeunes vierges avec qui ils n'ont pas le droit de faire l'amour. Ils se nourrissent par la vue de leur beauté comme les vampires sucent le sang de leurs victimes. De toute façon, ces hommes ne sont plus capables de « traiter » les femmes comme ils le souhaiteraient. S'allonger à côté de celles qui sont artificiellement endormies constitue un lot de consolation illusoire dans la poursuite de leurs joies enfuies. Ils repartent au petit matin, après avoir payé leur dû, bercés par les rêves qu'ils ont formés au cours de la nuit. Cette recherche obscène de virginité pour aider les érections de plus en plus poussives de ces messieurs est un des fantasmes les plus éculés. Exhibitionnisme, voyeurisme, telles sont les pauvres pitances de ceux qui cherchent par tous les moyens à éloigner la camarde. L'âge ce n'est pas celui que vous avez, c'est celui que vous ressentez. Ils en sont tous persuadés, ivres qu'ils sont de leur virilité triomphante et jouissive. Impossible de faire autrement : ainsi pense David Kepesh, professeur de littérature, qui ne peut s'empêcher de jouer au séducteur malgré ses soixante-dix ans. Il n'en ressent aucune culpabilité. Est-ce sa faute s'il se sent encore concerné par la dimension charnelle de la comédie humaine ? Dans *La Bête qui meurt*, Philip Roth décrit les états d'âme de ce séducteur impénitent qui ne se résout pas à vieillir sagement dans son rocking-chair en fumant sa pipe devant la télévision. Ce n'est vraiment pas son genre. Alors il profite des derniers avantages de son statut de professeur : il convie ses étudiantes à des parties, viviers d'excellence pour renouveler ses conquêtes. Peu importe que ces jeunes femmes aient le tiers de son âge, il assure. Il se rassure aussi, et croit dur comme fer que si ces jeunes filles sortent avec lui, ce n'est pas malgré mais en raison de son âge. Oui elles aiment cela. Quelquefois il ne les juge pas assez expertes en cabrioles et ne peut s'empêcher alors de donner des leçons particulières. Elles se montrent rarement à sa hauteur. Il continue donc sa chasse effrénée. « Peut-être qu'on choque encore les gens quand on ne se résout pas à se régler sur la vieille pendule de la vie. Je vois bien que je ne pourrai pas compter sur le regard vertueux des autres adultes. Seulement, qu'est-ce que j'y peux, moi si, à ma connaissance, rien, mais alors rien n'est mis en sommeil, quel que soit l'âge de l'homme ? »

Pascal Quignard : « Toujours il faut ajouter du renaître au naître inachevable. »

Cité par Quignard, Sénèque, l'auteur du magistral traité *De la brièveté de la vie*, introduit la distinction entre vivre sa vie et exister. Un « vrai » vieillard est celui qui a vécu sa vie, tant d'autres se contentent de la voir s'écouler. La vie est un voyage ininterrompu si rapide que nous pouvons passer à côté en nous distrayant ?

« Travaille ton élan et réduis tes bagages. [...]
Même au moment de mourir travaille ton bondissement
Élance-
Toi dans le rien. »

L'âge est un sentiment capable de vous rendre fou. En 2018, un citoyen hollandais de soixante-neuf ans a porté plainte contre l'État car il ne trouvait pas de travail. Il se sent et se ressent comme un homme de quarante-neuf ans, et non de soixante-neuf, et souffre de discriminations à cause de son âge « objectif ». En toute logique, donc, il demande réparation à l'État.

Ce matin, vu sur la vitrine d'un lunetier une photographie en noir et blanc d'une femme très belle et très âgée portant le nouveau modèle de sa collection de printemps. Quelle belle idée ! Je descends dans le métro et découvre une nouvelle campagne d'affichage pour une eau minérale. D'habitude ce sont des bébés joufflus qui vantent sa pureté. Aujourd'hui c'est une femme disons… d'un certain âge, super belle, super décontractée, les cheveux blancs nattés sur le côté, pas maquillée, vêtue d'un tee-shirt blanc sur lequel est imprimé un corps de bébé. Elle nous regarde en souriant. Le slogan ? Live young. Ça lui va parfaitement. Vu dans un grand quotidien du soir une publicité pleine page pour une assurance : une dame aux cheveux gris et au sourire malicieux disant : « J'adore qu'on me demande mon âge. » Moi aussi ! Et si l'âge devenait un sujet désirable ?

Apprend-on à vieillir ? Je ne le crois pas, mais on subit à l'intérieur de soi une étrange dialectique. D'un côté, tout vous enjoint de renoncer, de ne plus faire de bruit, de lâcher prise ; de l'autre, vous vous dites qu'il n'y a pas de raison de quitter l'arène, vous arrivez même à vous convaincre de manière prétentieuse que l'accumulation des années vaut expérience, mise à distance. Alors vous repartez comme le chevalier de L'Arioste reprend le combat, oubliant qu'il était mort.

Quel âge auront nos amis disparus quand nous les retrouverons au paradis ? se demande François Mauriac. Drôle de question adressée aussi aux non-croyants. Voir descendre du train les amies, les amis est la première sensation que nous ayons de l'âge. Non pas que les personnes aimées qui s'en vont soient âgées, justement elles sont scandaleusement jeunes. Alors pourquoi elles et pas moi ? Les premiers deuils empoisonnent votre existence. Au sentiment de la douleur s'ajoute celui de l'incompréhension. Ce sentiment naturel, évident, impalpable, de la plénitude de l'existence se trouve blessé à tout jamais. Avec elles sont partis des émotions, des confidences, des sensations, des secrets qui faisaient partie de moi-même. Donc, vieillir, c'est perdre ses amis. Je ne me suis pas habituée à l'accroissement – inéluctable – des disparitions. J'ai une amie qui va aux enterrements de toutes les personnes qu'elle a connues par nécessité morale. Je fais le contraire. Si ce ne sont pas des personnes très proches, je décide de ne pas y aller. Sans culpabilité. Savoir vieillir, c'est aussi ne pas se faire encercler par cette assignation à la disparition, ne pas la nier évidemment, mais l'éloigner en pensant à sa puissance de vie. La « vie vive », pour reprendre l'expression de Pascal Quignard, est, par définition, éparse, impulsive, elle part dans tous les sens. Elle vit dans l'immanence, elle ne calcule pas, elle se projette.

« Il n'est pas vieux, il hait encore la mort ; il ne sera jamais vieux, il la haïra toujours. » Elias Canetti, *Le Livre contre la mort*

Il voit les horloges de la place de son village s'arrêter, un chariot mortuaire brinquebaler, avant de verser sur le trottoir un cercueil d'où s'échappe un bras qui implore secours. Ainsi commence la journée de ce médecin retraité qui doit aller fêter son jubilé dans la ville où il a si longtemps exercé son métier de médecin. Hanté par ce rêve, accompagné de sa belle-fille qui attend un enfant de son fils qui n'en veut pas, il prend sa voiture pour rendre visite à sa mère, une vieille femme égoïste et acariâtre de quatre-vingt-quinze ans, qui se plaint avec ironie de sa solitude et du désintérêt qu'elle provoque chez ses enfants et ses petits-enfants : « Évidemment j'ai un défaut, je ne meurs pas. »

Dans son film *Les Fraises sauvages*, Bergman pulvérise l'idée même de l'âge. La vieille hors d'âge est la plus jeune, la plus acérée, la plus dans le monde, « une véritable fusée », dit le fils à son propos, le plus jeune, le trentenaire, lui aussi médecin, est et se sent très vieux et justifie auprès de sa femme son refus d'avoir un enfant en lui assénant : « Ne vois-tu donc pas que je suis mort même si je vis ? »

Ceux qui ont décidé de lutter contre la mort deviennent-ils vieux plus tard que les autres ? C'est ce qu'affirme Jankélévitch, qui prétend qu'il n'y pense jamais et qui nous encourage à faire de même, comme s'il nous donnait une bonne recette. Pour lui, vieillir c'est vivre l'irréversibilité du devenir.

Comment maintenir ouverte cette porte nécessaire qui mène à la vieillesse sans sombrer dans la nostalgie et en conservant le goût de l'avenir ? Désormais, je fais ce que je sais pouvoir encore faire. Pour combien de temps ? Je vérifie d'abord que je sais. Suis-je trop encombrée par l'inspection perpétuelle de mes capacités ?

Claude Lanzmann, dans *Le Lièvre de Patagonie*, écrit : « Je n'ai jamais songé, au fil des années accumulées, à me dissocier de l'époque présente, à dire par exemple "de mon temps". Mon temps est absolument celui dans lequel je vis et même si le monde me plaît de moins en moins – il y a de quoi – c'est le mien absolument. Ni retraite ni retrait, je ne sais pas ce que c'est que vieillir et c'est d'abord une jeunesse qui est garante de celle du monde. » Pas question pour cette génération, qui est hélas en train de disparaître, de changer quoi que ce soit à ses activités, de modifier sa vie quotidienne, de faire même attention à son âge, qui n'est pas une donnée de l'existence à envisager sérieusement. On fait comme si, on avance non par déni mais par instinct de survie : « La pire mort pour quelqu'un est de perdre ce qui forme le centre de sa vie et qui fait de lui ce qu'il est vraiment. Retraite est le mot le plus répugnant de la langue. Qu'on choisisse de le faire ou que le sort nous y oblige, prendre sa retraite et abandonner ses occupations qui nous font ce que nous sommes, équivaut à une mise au tombeau », écrit Hemingway. Le temps nous est compté, nous répète la société. Plus l'horloge avance plus on peut accepter, voire anticiper, ou pratiquer volontairement le déni comme l'a fait Ionesco : « Non, je ne suis pas comme eux, je ne suis pas eux. Je me crois, je me sens, malgré tous mes malaises, bien plus jeune qu'eux. » Qui est vieux ? Aujourd'hui, à cinquante ans, on est considéré comme un has been et, en cas de licenciement avec « départs volontaires » dans l'entreprise, on vous « cible » et on vous encourage à partir en priorité en vous faisant comprendre que vous êtes déjà un « poids ». Retrouver du travail devient un chemin de croix psychologique et une gageure économique, tant l'âge est utilisé comme une discrimination.

Autrefois, il n'y a pas si longtemps – on disait qu'on « entrait dans la vie ». On devenait adulte. La fin du service militaire pour les garçons, le premier job et/ou le mariage pour les filles. On était « casé ». Aujourd'hui la jeunesse est devenue un idéal pour toutes les classes d'âge. Ceux qui aux yeux des démographes sont des adultes reculent leur adolescence et en conservent les rites et les apparences. Quant aux vieux, ils essaient vaille que vaille d'obéir aux injonctions de l'impératif catégorique de notre société : « rester jeune ». La jeunesse a pris valeur de modèle pour l'existence entière, reléguant ainsi les âges de la vieillesse non à l'idée de l'accomplissement mais à celle de surplus, de rebut, voire de non-sens.

Pendant longtemps on n'a pas d'âge du tout. Cette question ne nous effleure même pas ; on a l'avenir devant soi. On n'est pas censé être sur une lancée, ne pas perpétuer et répéter ce qu'on a commencé. On peut ou on croit qu'on peut changer de vie, qu'elle peut bifurquer. Et puis un jour on a un âge. Et cette révélation a un goût désagréable. On sait qu'on ne pourra pas recommencer sa vie, qu'on pourra moins l'inventer, que le passé va sans doute préétablir l'avenir. Ce sentiment de n'avoir rien à perdre reflue, je ne suis plus comme avant, une infinie de possibilités à venir. J'intègre un âge social qui n'est pas forcément mon âge physiologique ; je me range, on me range, mais je l'accepte, dans une catégorie où la révolte baisse d'intensité, les risques m'effraient ; je m'établis et me niche dans une case où je n'ai pas intérêt, vu mon âge justement, à ne pas correspondre à ce que la société attend de moi. Rentière du poids de mes années, je me sens de plus en plus lourde. J'entends et je lis dans les messages qui me sont adressés, exclusivement parce que j'ai mon âge, qu'il est préférable de gérer ma vie comme un capital. Je résiste encore un peu. Je ne suis pas que la somme de mes actes passés. Je sais bien que je ne suis maîtresse ni de mon corps ni de ma mémoire. J'ai encore – chimère de ma jeunesse ? – l'illusion que mon instinct de liberté gouverne. Cette illusion s'est amenuisée depuis la pandémie avec l'insistance des discours officiels sur les personnes âgées. Confinées ? À partir de quel âge et jusqu'à quand ? André Gorz, dans un texte visionnaire daté de 1964, intitulé *Le Vieillissement*, note : « Le vieillissement c'est l'expérience qu'on n'est plus de ceux qui ont tout l'avenir et le temps pour eux ; c'est le fait que, par rapport à votre vérité, il y aura un après. »

À chacun son échelle du temps. Voltaire a soixante-six ans lorsqu'il décide de s'occuper de l'affaire Calas et soixante-huit lorsqu'il publie son libelle. Trois ans plus tard, il défend les époux Sirven et, à soixante-dix-sept ans, obtient leur réhabilitation. Malesherbes a soixante-douze ans lorsqu'il défend Louis XVI. Verdi a quatre-vingts ans lorsqu'il compose *Falstaff*. Bertrand Russell a quatre-vingt-neuf ans quand, en 1961, en tant que membre du comité des Cent contre les armes nucléaires, il invite le public à s'asseoir par terre dans la rue pour manifester pacifiquement. Borges écrit dans sa préface au *Rapport de Brodie* que c'est à soixante-dix ans passés qu'il a enfin trouvé son langage. A contrario, Freud écrit à Lou Andreas-Salomé qu'à soixante-sept ans une certaine carapace d'insensibilité inorganique s'est formée autour de lui sans qu'il le veuille. Il nomme cela le détachement dû au grand âge. Chateaubriand, lui, a décidé qu'il était devenu vieux… à l'âge de trente ans : « Malheur à moi qui ne peux vieillir et qui vieillis toujours. » Il est celui qui a pressenti avant tout le monde la métamorphose de la signification du mot vieillesse. À certains donc la perception de la jeunesse de la vieillesse ; à d'autres, la sensation d'une éternelle jeunesse.

Je me souviens de la parution du livre de Stéphane Hessel *Indignez-vous !*. Je me souviens de son regard, de sa vivacité, de sa gourmandise à m'expliquer que, pour ne pas perdre la mémoire à l'âge de quatre-vingt-treize ans, chaque matin au réveil, et chaque soir avant de s'endormir, il se récitait un poème, long de préférence. Nous avions fêté le succès du livre dans un restaurant africain et, tard le soir, des musiciens sont venus jouer dans la cave. Stéphane (c'est un monsieur) fut l'un des premiers à danser sur la piste improvisée.

Je me souviens de la petite cabine de montage dans le 16e arrondissement où Manoel de Oliveira terminait les finitions de son avant-dernier film, *L'Étrange Affaire Angélica*. Il m'expliquait l'importance du hors-champ pour la dramaturgie tout en s'étonnant en riant d'avoir quatre-vingt-dix-huit ans. La vie est une fête, n'arrêtait-il pas de répéter.

Je me souviens de ce dimanche de janvier où Agnès Varda m'avait proposé de passer rue Daguerre prendre un café. Je suis arrivée avec un petit bouquet qu'elle a contemplé longtemps avant de disposer artistiquement les fleurs dans un vase. Pour elle, tout était émerveillement : la couleur, la forme des renoncules, puis l'arrivée du chat, puis l'odeur délicieuse du café, puis la salade de lentilles qu'elle avait préparée – tu vas pas partir tout de suite, je vais faire une petite sieste, comme ça tu peux voir mon dernier film sur le banc de montage – j'étais au fil de la journée devenue sa captive amoureuse. J'étais dans son univers, dans ses mots, dans ses images. Le soir, elle m'a entraînée à la Cinémathèque où se terminait sa rétrospective. Elle parlait comme une adolescente de son film *Jane B.* Incandescence, doutes, questionnements sur sa pratique artistique. Agnès dans l'élan même de ce que veut dire créer. Devant l'esplanade de la Cinémathèque le dimanche soir tard, tout le monde était fatigué et avait envie de rentrer ; elle, au contraire, relançait les questions. Coquette, avant qu'on se sépare, elle me lance : « Tu sais quel âge j'ai ? Tu te rends compte, j'ai quatre-vingt-dix ans. Tu crois que je les fais ? »

Deux semaines plus tard, sa dernière journée fut très occupée. Elle l'a commencée très tôt et voulait terminer une œuvre. Jusqu'aux derniers instants elle a cherché, elle a créé.

L'EXPÉRIENCE DE L'ÂGE

« Il faut réserver une arrière-boutique toute nôtre, toute franche, en laquelle nous établissons notre vraie liberté et principale retraite et solitude. »

MONTAIGNE

C'était au début 2015. Après bien des difficultés en raison de ses voyages à travers le monde, de ses conférences en Europe et de ses diverses sollicitations, j'ai pu enfin décrocher un rendez-vous avec celui qui fut l'un des premiers à s'intéresser à la vieillesse en tant qu'expérience lorsqu'il était jeune et qui devient lui-même à la fois objet et sujet de sa recherche. Il n'en revient pas et ne se voit pas, ne se vit pas comme vieux, même s'il ne cache pas son âge. Il me donne rendez-vous dans son tout petit bureau, dans une rue calme du 13e arrondissement, que lui octroie le CNRS en tant que professeur émérite. Avant, bien longtemps avant, il donnait rendez-vous à ses étudiants – dont j'avais la chance d'être – dans son appartement pour des conversations enflammées qui pouvaient durer toute la soirée. Celui qu'on appelle l'inventeur de la pensée complexe n'a plus d'appartement à Paris – la ville est devenue trop chère pour les jeunes mais aussi pour les vieux – et il a décidé de s'installer à Montpellier. Ce jour-là, il est vêtu d'une chemise rose indienne, porte son gri-gri autour du cou, que je lui connais depuis des décennies, et semble d'une humeur badine. Je lui lis ce fragment du *Temps retrouvé* :

« Ils n'étaient pas des vieillards mais des jeunes gens de dix-huit ans extrêmement fanés. »

Il ne se sent pas du tout « fané », mais plutôt vert, et me balance cette phrase de Picasso : « On met très longtemps à être jeune. »

C'est son programme depuis des lustres. Peut-être est-ce parce qu'il a perdu sa mère très jeune, et qu'il s'est senti vieux lors de son adolescence, qu'Edgar Morin a décidé de rompre avec sa mélancolie de jeunesse dès son engagement dans la Résistance. Lui a décidé de manière obsessionnelle de garder ses aspirations d'adolescence, de ne pas « s'adultérer ». Ce fut son leitmotiv, il l'a théorisé et maintenant, depuis des années, il le vit. Il perçoit en lui des signes de dégradation physique – il éprouve de plus en plus de difficultés à marcher et s'est résolu à l'achat d'une canne spécialement ouvragée, une canne super rock – il déplore des pertes de mémoire qui ne l'empêchent pas de réciter par cœur du Baudelaire ou du Hugo pendant une demi-heure –, il dit ne pas se ménager mais, par contre, reconnaît que, de temps en temps, il « s'économise ». Il sait qu'il possède des forces incommensurables, mais qui vont s'étioler. Alors il « utilise » son temps pour ce qui lui plaît le plus : les lectures, les voyages, l'amour, l'amitié. Ses facultés d'être, observe-t-il, ne cessent de s'amplifier. Il n'y peut rien, il le constate avec délices. Il dit qu'il apprend sans cesse de l'expérience de l'âge tout en percevant un certain détachement. Il s'émerveille sans cesse de la vie, des petits bonheurs qu'elle procure, dont il jouit comme un épicurien, et qu'il a plaisir à faire partager. Le voir est un enchantement car il vous fait participer à ce banquet de la vie : la stridence d'un pépiement d'oiseau, le bleu du ciel, une poêlée de cèpes, le café au soleil, les gestes d'un enfant qui joue à la marelle dans le square. Cette intensité provient-elle du fait qu'il ait eu le courage de risquer sa vie, jeune, pendant la Résistance ? Celles et ceux qui ont vécu la guerre ne perçoivent pas l'avenir comme nous les baby-boomers. L'âge est aussi une expérience collective et générationnelle. Edgar le sait bien : lors de ses premières enquêtes sur le terrain, en Bretagne, à Plozevet, en 1967, il a rencontré des vieux qui avaient fait la guerre de 14, connu l'habitat sans eau ni électricité et se souvenaient de l'arrivée des premières automobiles dans leur région. Ils avaient vécu le temps des lampes à huile et, sur le tard, ont vu à la télévision les hommes débarquer sur la Lune. Devenir vieux est naturel pour eux. Avoir des conflits avec ses enfants pour la propriété aussi, se sentir exclus progressivement de la vie communale puis de la vie familiale était leur lot à tous, pas de raison donc de se révolter.

En ville, par contre, cette même génération s'est révoltée contre la vieillesse. Elle avait en horreur le spectacle de ses parents ratatinés dans leurs costumes noirs qui ne descendaient plus l'escalier parce qu'il n'y avait pas d'ascenseur et qui s'éteignaient lentement. Elle s'est mise à croire que, certes, elle ne pouvait pas échapper à la mort mais à la vieillesse, si. Vaincre la vieillesse, oui cela ils le pourraient, ils sauraient le faire. Si on ne voulait pas vieillir, eh bien on le pouvait. Ils ne fuyaient pas l'échéance finale mais ils voulaient mourir le plus tard possible en ne cessant jamais d'exister. Je me souviens qu'on employait alors à l'époque le verbe « dételer ». Les vieux ne voulaient pas dételer. Aujourd'hui, on se bat pour la retraite à taux plein le plus tôt possible – et qui pourrait s'en plaindre ? – mais en même temps on exclut de plus en plus violemment du cœur des villes, de toute idée de responsabilité et d'activités plusieurs classes d'âge qu'on juge dolentes, dormantes, voire irrécupérables. Qui va nous faire croire que l'inactivité serait devenue un privilège ?

Notre attitude vis-à-vis de la vieillesse constitue un des sujets principaux de la force de notre civilisation. Reculer la mort, adoucir la vieillesse, réintégrer cette classe d'âge, autrefois respectée dans le contrat social, est une nécessité.

Edgar a décidé de demeurer ce qu'il nomme un « jeune vieux ». De vivre comme il l'entend, de tomber amoureux à quatre-vingt-seize ans et d'épouser sa dulcinée, de travailler tout le temps, de lire une partie de la nuit, de porter encore des chemises indiennes, de nager dans l'océan, de préparer des petits plats mijotés, de s'émerveiller d'un lever de soleil, de faire la route des alpages avec les bergers au début du printemps, d'amuser ses amis en inventant des blagues, d'imiter les grands de ce monde, de continuer à danser la samba, d'apprendre chaque jour une nouvelle poésie, de faire un nouveau livre tous les six mois, de redevenir professeur…

Auprès de lui, j'ai l'air d'une vieille. Une vraie.

Cela fait plus de huit mois que mon ophtalmologue m'a prescrit un examen un peu compliqué dont je redoute les conséquences. Après avoir longtemps procrastiné, je suis enfin dans une salle d'attente peuplée uniquement de personnes que je trouve très âgées. Une jeune fille m'installe devant un écran avec un graphique et un crayon. Je dois répondre à toute une batterie de questions face à des images de constellation. Je panique. Un voile obscur me tombe dessus. Autour de moi tout le monde remplit le questionnaire avec calme. Plus les questions s'affinent plus je tremble. J'en conclus que, contrairement aux apparences, de toutes les personnes ici présentes, c'est moi la plus âgée.

Il y a des gens qui sont imbus d'eux-mêmes pour l'unique raison qu'ils sont vieux. Alors ils se regroupent. Ils vivent dans des camps retranchés, avec des vigiles pour les protéger, loin des jeunes qui pourraient les faire pâlir de jalousie, leur faire penser qu'eux aussi ont été jeunes en leur temps. Ils font des exercices physiques pour nier ce qu'ils sont, repoussent leurs limites, évacuent toute idée de mortalité et, si l'un d'eux tombe gravement malade, il est immédiatement évacué. Pas question d'être mourant, l'idée même de cimetière est bannie. C'est le recyclage de l'identique, la vie avec ses semblables, la vie entre soi, rehaussée par des spots publicitaires où sont montrés des papys bronzés plongeant au fond de la piscine en reluquant des seniorettes botoxées. La vie rêvée.

La première ville, Sun City, fut réalisée en 1960 dans l'Arizona par un entrepreneur qui a aussi (est-ce un hasard ?) construit les camps d'internement pour Japonais pendant la Seconde

Guerre mondiale. Elle rencontra tout de suite un succès fou. Âge minimum : cinquante-cinq ans. Âge moyen : soixante-dix-huit. Coût élevé. Sécurité, détente sont les deux principaux slogans. Ils ont attiré 99 % de Blancs venus de tout le pays. Aujourd'hui le modèle s'est multiplié en Amérique, et les villes se construisent le plus souvent à côté de parcs de loisirs. Sécurisation, privatisation, communautarisation. La réglementation précise que la présence des enfants n'est pas souhaitable et que les jeunes n'y sont tolérés que s'ils rendent des services ou viennent (rapidement) visiter leurs parents. Golfs, piscines, centres de sport, supermarchés, les quarante mille résidents n'ont guère le temps de s'ennuyer. Trente pour cent des Américains vivront dans cinquante ans dans ce genre de résidence. Ces réserves pour cheveux blancs à peau blanche gagneront-elles l'Occident ?

Où vivrai-je quand je serai très vieille ? Avec mon amoureux ? Avec des amis ? Seule ?

Boris Vian était un visionnaire. Dans *L'Arrache-cœur* son héros, Jacquemort, arrive dans un village où se tient… une foire aux vieux. Le maquignon municipal évalue le prix des vieilles et des vieux selon leur poids, leurs rides, leur état de dégradation, au grand bonheur des villageois petits et grands qui demandent de constater leur état de visu pour faire baisser leur prix. L'un déboutonne son pantalon, l'autre ouvre la bouche pendant que des enfants en font courir d'autres tout en les rouant de coups jusqu'à leur chute. La foire aux vieux est une fête fort prisée où l'on s'amuse beaucoup. Jacquemort est le seul à s'en indigner. Ça ne vous fait pas honte, demande-t-il aux villageois pendant que les enchères continuent de plus belle. En guise de réponse, il reçoit un coup de poing qui lui fend les lèvres. Le goût du sang dans la bouche, il quitte le village en chancelant.

En Argentine on a d'autres mœurs, si l'on en croit Jorge Luis Borges qui, dans sa merveilleuse nouvelle intitulée *L'Aïeule*, évoque cette très vieille dame centenaire célébrée par sa famille et par ses amis qui l'entouraient sans la contrarier, lui laissant croire, à elle qui vivait dans un demi-rêve, que le temps n'avait pas passé pour elle. Regard clair et serein, sourire aux lèvres, elle palpait tous les jours ses bégonias dont l'humble vie silencieuse ressemblait à la sienne. Elle s'appelait Madame Jáuregui. Croire qu'elle passa les dernières années de son existence dans un chaos tranquille serait une bêtise, dit Borges. Pour chacun d'entre nous le présent est le même, le bonheur à le vivre identique. Ce présent nous ne le comptons peut-être pas de la même façon que Madame Jáuregui, mais nous le partageons de la même manière. Ne soyons pas les apothicaires dédaigneux de celles et ceux qui ne vivent plus au même rythme. Pensons à Madame Jáuregui, car « c'est ce présent que nous franchissons chaque matin avant de nous réveiller et chaque soir avant de nous endormir. Nous sommes la vieille dame chaque jour à deux reprises ».

Dans la Bible la vieillesse est un perpétuel recommencement, une promesse. Elle n'est ni état ni catégorie mais personne et histoire. Songeons à Mathusalem qui s'éteignit à neuf cent soixante-neuf ans, Noé neuf cent cinquante, Adam neuf cent trente. Abraham a noué l'alliance avec Dieu à l'âge de quatre-vingt-onze ans. Sarah a accouché d'un fils à quatre-vingt-dix ans, elle est morte à cent vingt-sept, Abraham à cent soixante-quinze. Sept des plus grands patriarches ont vécu plus de cent ans. Il faudra attendre... le déluge pour que Dieu limite la vie d'abord à cent vingt années, puis à quatre-vingts. La vieillesse résonne comme espérance infinie, accomplissement, élection. Elle est achèvement parce qu'en elle se déploient toutes les potentialités de la vie.

L'expérience de l'âge peut, en effet, donner encore plus le goût à vivre. Et ce, depuis l'Antiquité. Phérès, dans *Alceste* d'Euripide, à qui son fils propose de mourir à sa place en raison de son vieil âge, lui répond : « Je te dispense de mourir pour moi tel que tu me vois et je me dispense de la réciproque, voilà tout. Tu te plais à voir le jour ? Et ton père, crois-tu qu'il ne s'y plaise pas ? Ma foi je fais mes calculs : long est le temps que je passerai sous la terre et courte est la vie sur terre, elle n'en est pas moins douce… si la vie est chère, elle est chère à tout le monde. » Euripide le précise : pas de priorité au guichet du Trépas : ni la richesse ni la jeunesse ne valent pour le prince d'outre-tombe qui apprécie la force et le courage de celles et ceux qui savent l'éloigner.

Dans la rue, l'autre jour, en plein midi, j'aperçois de loin une silhouette qui ressemble à une fleur dont les pétales seraient si ouverts et si lourds qu'elle en est toute penchée. Je m'approche. Une très vieille dame tient avec ses deux mains le poteau en fer du feu rouge et s'y agrippe pour ne pas tomber. Sa tête est inclinée et ses cheveux blancs lui forment comme un collier. Je lui demande si je peux l'aider. Elle est incapable de me répondre, comme de bouger. Je décide de rester à côté d'elle. Un quart d'heure plus tard, un jeune homme musclé en blouse blanche vient la chercher et me dit : « Tous les jours elle me réclame son instant de liberté. » Elle repart dans ses bras.

« Attendons, voyons, faisons ce qu'on peut, on ne peut pas non plus tout faire. Il faut bien se garder aussi de cette sagesse de l'âge qui est un peu stupide. Il faut rester dans la mémoire de son corps jeune, infatigable, disponible, politique : et l'esprit alors vous le rend bien. Donc il faut rester politique finalement. » Pierre Guyotat, *Divers*

On fait le plus souvent l'expérience de l'âge par l'amer constat de ce qui nous manque : perte de mémoire – quand je cherche un nom je me résous maintenant à ouvrir mon portable – perte de souffle – fini le jogging quotidien matinal – perte de croyance en mes capacités – j'ai si peur de ne pas être à la hauteur de ce que je voudrais entreprendre que je préfère sans cesse différer. Vieillir, est-ce nier, avec obstination et optimisme, ce moins qui nous affecte ? La « prise d'âge » se traduit ainsi par une succession de renoncements, en apparence anodins et minuscules, qui forment une trame de non-vouloir qui nous entrave et nous affaiblit contre notre gré. Cela se passe insidieusement, passivement. On est renvoyé à son âge, qu'on le veuille ou non.

Vieillir, est-ce accepter de perdre petit à petit le bénéfice de l'attention des autres ? Ce sont les autres qui nous décrètent vieux, ou nous-mêmes qui décidons que nous le sommes devenus ? La socialisation façonne toujours l'intimité la plus secrète de l'homme.

On peut aussi s'éloigner à petits pas en décidant de s'effacer alors même qu'on a vécu dans le tournoiement du monde, entouré par l'admiration et le respect. Claude Régy répétait souvent que très jeune il se sentait vieux. Vieux, moche, pas à la mode. Ça lui causait des ennuis, il en souffrait et n'arrivait pas, à son désespoir, à séduire. Puis, après la trentaine, tout d'un coup, il s'est senti désiré à la fois dans son métier et dans ses amours. Il est enfin devenu jeune. Et il l'est resté jusqu'à quatre-vingt-dix ans. L'auteur du *Régal pour les vautours*, l'un des plus grands metteurs en scène de théâtre, était aussi un philosophe du temps et un penseur de son propre devenir. Attiré par la biologie cellulaire et connaisseur des théories selon lesquelles nous mourons en permanence pour nous régénérer, il s'est appliqué à lui-même sa propre grille de fin de partie. Il a vécu comme un jeune homme jusqu'à cet âge qu'on dit vénérable, ne ménageant ni sa peine, ni ses déplacements, ni son intensité de recherches. Et puis, un jour, il a dit stop. Je me souviens de son sourire lorsque, essoufflée, je parvenais en haut de son immeuble dans son appartement. « Encore un étage si vous voulez un café. » Tous ses amis lui enjoignaient de quitter cet endroit... plus de son âge. Il n'en avait que faire et continuait à vivre comme s'il avait trente ans ou presque.

Un jour, alors qu'il était en résidence au Japon et qu'il vivait au milieu de champs de thé, donnant une ou deux fois par mois des représentations dans un petit théâtre en bois, il me confia qu'il allait bientôt tout arrêter. Il n'en revenait pas lui-même d'avoir tant travaillé. Par contre ce qu'il savait c'est qu'il avait deux, trois spectacles encore à créer ; et puis ce serait fini. Je ne l'ai pas cru. Personne ne l'a cru. Pourtant il le répétait. J'ai eu la chance d'être autorisée à voir le filage de ce qui s'avérera le dernier spectacle, *Rêve et folie*, adapté de Georg Trakl : dans le noir tel un chaman il dirigeait, il nous conduisait dans le tremblement du souffle, souffle de l'acteur, souffle du texte poétique, vertige vers l'ineffable. Il n'était pas content, ne se disait pas prêt pour la première le lendemain, inquiet comme un débutant. Heureusement il n'y aura pas d'après, disait-il, goguenard.

Il n'y a pas eu de prochaine fois. Claude a quitté l'appartement, est entré dans une maison où il disait qu'on s'occupait bien de lui. Il s'est éloigné volontairement. Il est mort dans son sommeil, la nuit de Noël. Il avait quatre-vingt-seize ans. Sa sortie du monde impose l'admiration. De lui, je garde l'image d'un jeune homme.

Dans *Amour* de Michael Haneke, Jean-Louis Trintignant ne veut pas, à la première attaque de sa femme, interprétée magnifiquement par Emmanuelle Riva, se rendre compte que cela va aller de mal en pis. Il fait semblant. Nous tous, dans la même situation, ferions de même. On se raccroche aux moments heureux, on oublie ceux où la personne aimée divague, on ferme les yeux sur l'incapacité du corps à se tenir debout, à se maîtriser. On s'habitue, on s'enferme pour ne pas avoir à subir le regard de réprobation ou le jugement des autres, membres de la famille et amis proches. On entre dans un nouveau monde, tissé d'une complicité désespérée avec l'être aimé. On vit à son rythme, on apprend à parler cette langue de sons inarticulés comme si c'était la vraie. On ne veut plus être aidé. D'ailleurs, personne ne peut vous aider. Ni les infirmières, ni la famille, ni les amis, la musique, oui, peut-être de temps en temps.

On ferme les rideaux, puis les volets. Il fait trop clair dehors. À l'intérieur de soi c'est la nuit. La mort ne vient pas assez vite. Autant la provoquer.

« Tu viens d'avoir quatre-vingt-deux ans. Tu as rapetissé de six centimètres, tu ne pèses que quarante-cinq kilos, et tu es toujours belle, gracieuse et désirable. Cela fait cinquante-huit ans que nous vivons ensemble et je t'aime plus que jamais. Je porte de nouveau au creux de ma poitrine un vide dévorant que seule comble la chaleur de ton corps contre le mien. » Ainsi commence le récit d'André Gorz, *Lettre à D*, qui fut publié quelques mois avant le suicide de Gorz et de sa femme. Doreen était atteinte d'une maladie incurable et André, grand intellectuel, auteur de livres importants et visionnaires, ne voulait pas lui survivre. « Je ne veux pas assister à ta crémation ; je ne veux pas recevoir un bocal avec tes cendres… je guette ton souffle, ma main t'effleure. Nous aimerions chacun ne pas avoir à survivre à la mort de l'autre. Nous nous sommes souvent dit que, si par impossible, nous avions une seconde vie, nous voudrions la passer ensemble. » On les retrouvera au matin dans la chambre d'un hôtel parisien la main dans la main, endormis pour l'éternité. Ils avaient chacun quatre-vingt-deux ans.

Dans *La Ballade de Narayama* de Kinoshita, contrairement à la version ultérieure d'Imamura qu'il qualifiera de « pornographique », le jeune veuf contraint d'accompagner son aïeule dans la montagne pour y mourir est en proie aux angoisses ; s'il laisse sa mère là-bas, de l'autre côté du monde, c'est pour sacrifier à la tradition et parce qu'il ne peut pas revenir avec elle au village. *La Ballade de Narayama* est une légende. Les deux films nous touchent aujourd'hui au plus profond. Ils posent la question de la responsabilité de la communauté des hommes face à la vieillesse. Dans ce village, si l'un naît, un autre doit mourir.

Chez les Inuits la coutume voulait que les vieilles et les vieux soient abandonnés sur la banquise avec quelques vivres jusqu'à ce que mort s'ensuive. Les personnes se sentant mourir désignent une femme enceinte – aujourd'hui encore alors qu'ils sont christianisés – pour se réincarner dans l'enfant qu'elle porte, à qui sera donné leur nom. Celle ou celui qui meurt pense qu'il ne va pas mourir puisqu'il va se réincarner dans l'enfant qui va naître. Les Inuits sont indifférents au sexe de leurs enfants car chaque enfant qui naît est un mort qui est vivant.

Entendu dans un café presque désert d'une ville balnéaire en plein hiver, un samedi à l'heure du déjeuner, une conversation entre une fille et sa mère. Attablées devant un croque-monsieur frites, la fille tente de persuader sa mère d'accepter qu'elle lui fête dans ce même café son anniversaire avec quelques copines pour, dit-elle, « marquer le coup à l'heure de l'apéro ». La mère se défend. La fille insiste. La mère lui cloue le bec en lui assénant : « Écoute, quatre-vingt-onze ans, c'est pas bien intéressant, attendons mes quatre-vingt-quinze, on avisera. » La fille, muette, baisse la tête.

Le jour de ses quatre-vingt-dix ans, au cours d'une cérémonie amicale à l'Académie française, l'un de nos plus grands maîtres du devenir des civilisations, Claude Lévi-Strauss, a improvisé un discours sur son expérience de l'âge, retranscrit par Roger-Pol Droit avec l'aval de l'intéressé : « Dans ce grand âge que je ne pensais pas atteindre, et qui constitue une des plus grandes surprises de mon existence, j'ai le sentiment d'être comme un hologramme brisé. Cet hologramme ne possède plus son unité entière et cependant, comme dans tout hologramme, chaque partie restante conserve une image et une représentation complète du tout. Ainsi y a-t-il aujourd'hui pour moi un moi réel, qui n'est plus que le quart ou la moitié d'un homme, et un moi virtuel qui conserve encore vive une idée du tout. Le moi virtuel dresse un projet de livre, commence à en organiser les chapitres et dit au moi réel : “C'est à toi de continuer.” Et le moi réel, qui ne peut plus, dit au moi virtuel : “C’est ton affaire. C’est toi seul qui vois la totalité.” »

La vieillesse est-elle le prix à payer pour avoir connu les beautés de la vie ?

Cette idée du supplément encombre nos imaginaires. Comme si nous devions payer ce plus par du moins. Moins de désir, moins de possibilités, moins d’avenir. Que faire de la joie de vivre qui perdure ? Pourquoi faudrait-il s’en sentir coupable ?

Dans cette dépossession involontaire d’une partie de nous-mêmes, la sexualité peut jouer un grand rôle. Si l’on parle avec moins de tabous aujourd’hui de la ménopause qui – contrairement à certaines sociétés traditionnelles, par exemple africaines, où elle devient une force – est encore perçue en Occident comme une perte, le silence autour de l’andropause perdure, malgré quelques témoignages littéraires majeurs comme celui de Romain Gary. *Au-delà de cette limite votre ticket n’est plus valable*, publié en 1975, se révèle d’une sincérité et d’une crudité revigorantes. Seul Gary pouvait aborder avec autant d’humour et de révolte la déroute de l’érection quand l’âge ralentit vos moyens. Le narrateur a soixante ans, la personne aimée trente-sept de moins. La lente descente aux enfers du narrateur pour rester « à la hauteur » de ses performances sexuelles antérieures nous est narrée avec un luxe de détails. La vieillesse, ce serait donc cette zone crépusculaire de l'impuissance sexuelle ? Ou de l'impuissance tout court ?

C'est aussi de perte de virilité qu'il s'agit chez J. M. Coetzee dans plusieurs de ses romans, et notamment dans *L'Homme ralenti*. Le narrateur va subir l'expérience de l'âge par accident, soudainement : Paul, un jeune retraité en pleine forme, fait comme chaque matin sa promenade à vélo et, alors qu'il est en train de pédaler tranquillement, une voiture vient le faucher. Il se réveille à l'hôpital et lui qui se prenait pour un homme bien sous tous rapports, en bonne santé, dans la force de l'âge, se voit soudain traité comme un vieux, un sacré vieux, un vieux schnoque. Certes, il sait bien qu'il doit réparer son corps très abîmé par l'accident, mais il n'en a ni la volonté ni l'envie, tant il est emporté par cette découverte soudaine de l'expérience de son âge, de la vérité de son âge, auquel il n'avait jamais réfléchi. L'homme qu'il était n'est plus qu'un souvenir, et un souvenir qui s'estompe à toute vitesse. Il sent qu'il a encore une âme dont la vie n'est pas diminuée mais, pour le reste, il a l'impression de ne plus être qu'un sac d'os et de sang qu'il est obligé de trimbaler. L'expérience de la vieillesse l'a dévasté à tout jamais, emportant avec elle tout espoir de goût du futur. C'est aussi, et d'abord, dans son corps que le prince de Salina, dans *Le Guépard* de Tomasi di Lampedusa, sent sa vitalité s'enfuir, sa volonté de vivre diminuer constamment, lentement mais inéluctablement ; comme ces grains de sable qui s'agrègent entre eux à l'orifice du sablier et qui coulent tout de même, la vie sort de lui par de longues vagues pressantes. Il entend littéralement le son intérieur de la vie qui s'écoule hors de lui. Autour de lui personne ne semble s'en apercevoir et ce ne sont pas des choses qu'on avoue facilement. Alors le prince se tait. Le seul qui, peut-être, le pressent, c'est Tancrède qui lui dit un jour : « Toi, mon oncle, tu courtises la mort. » Un constat laissé sans réponse. Maintenant, cette cour est finie. Il suffit d'attendre. Cela se passera un lundi de juillet face à la mer de Palerme. La fin du *Guépard* est une description minutieuse et prodigieuse de la vieillesse comme diminution inéluctable du réservoir de vie jusqu'à sa complète disparition. Le prince de Salina n'a besoin de personne pour l'avertir du danger suprême. Il le connaît depuis toujours. Sommes-nous toutes et tous comme le prince de Salina ? Possédons-nous ce savoir qui nous indiquerait comment et quand cette hémorragie du temps en nous devient dangereuse ? Cette fatigue vitale apparaît comme l'un des signes précurseurs de notre propre conscience de vieillir. Il n'y a pas de quoi en faire un drame. Jankélévitch affirme qu'il y a un rythme propre à l'existence qui vient de ce vieillissement inévitable, qui est un vieillissement métaphysique. Nous ne pouvons pas ne pas penser notre finitude, nous ne pouvons pas ne pas prendre conscience que les souvenirs encombrent notre mémoire, que le goût pour l'avenir diminue. Nous savons, sans trop vouloir le savoir, où nous en sommes. Comme le dit joliment Jankélévitch, chacun de nous « sait remesurer la piste étalonnée de l'existence, ce qu'il a déjà vécu et ce qui lui reste à vivre ».

Pourtant certains événements, mineurs ou majeurs, déclenchent le plus souvent une prise de conscience qui débouche sur ce que je nomme l'expérience de la vieillesse. La plus banale, celle que bon nombre d'entre nous ont éprouvée, est la date d'anniversaire. Pendant longtemps on ne l'a pas fêté. Jusqu'à la fin de l'Ancien Régime il était d'usage de dire : « Il n'y a d'âge que pour les chevaux. » Puis il est devenu un rite social, une cérémonie familiale. Pas pour tout le monde, comme Michel Tournier qui, le jour de ses soixante-quinze ans, déclarait : « Aujourd'hui, c'est mon anniversaire. Faut-il dire vieil adulte ou jeune vieillard ? je m'en fous. » Simple coquetterie ? Le rappel des ans sonne le plus souvent comme le tocsin dans une continuité apparente d'un temps fluide qu'on aimerait croire immobile. Françoise Giroud note dans son journal qu'elle ferait tout pour échapper à cette augmentation mathématique objective du nombre de ses années. D'ailleurs, elle fait mine de l'oublier ce foutu âge, mais c'est sa famille ou ses amis qui, gentiment, en font une occasion de fête, dont elle se passerait bien... Le jour de ses quatre-vingt-un ans, elle note ironiquement : « J'ai quatre-vingts plus un, comme on dit bac plus un. » Elle aimerait bien inspirer le respect comme on le doit à une dame de son âge mais ne peut le réclamer car, plus elle vieillit, plus elle se sent devenir une vieille dame indigne. Le jour de ses quatre-vingt-trois ans, elle écrit laconiquement : « Pas de quoi pavoiser. Et moi qui pensais que la vieillesse n'arrivait qu'aux autres. » Le couperet est tombé. Le fait est objectif. Rien à contester, encore moins à interpréter. Alors, entre deux dates d'anniversaire, on fait comme si, ou plutôt on vit comme on se sent, libre, désireux d'agir à sa guise, en suivant la pente de ses désirs, niant quelquefois son état de santé, comme Françoise Giroud qui continua jusqu'au bout à travailler comme une forcenée, à ne pas écouter les conseils médicaux, à sortir le soir, même quand elle était fatiguée, et qui ne cessa jamais d'ignorer les signaux que lui adressait son corps. « Que s'est-il passé ? La vie et je suis vieux », dit Aragon. La vie comme un empilement d'années et non comme une sédimentation de vécu. D'abord soi-même et pour soi-même on n'envisage pas de devenir si vieux. Puis, quand cela arrive, et que les années s'accumulent, c'est dans le regard des autres que l'on se sent gêné. Comme si on n'y avait pas droit. Cela semble inimaginable, obscène pour soi, normal et correct quand les autres atteignent un âge qu'on nomme canonique. C'est comme une surprise, un maelström de sensations et de pensées qui arrivent au débotté et non une érosion progressive des capacités, ce qui permettrait de s'y habituer. Et dire que j'ai mis du temps à comprendre la colère de mon père quand, croyant lui faire plaisir, le jour de ses quatre-vingt-dix ans ma mère avait organisé avec la complicité de toute la famille une fête surprise dans un grand restaurant. Ahuri quand il nous a vus tous débarquer, mécontent de ne pas dîner chez lui tranquillement, il a finalement en ronchonnant et en se faisant prier, lors d'un jour qu'il voulait oublier, accepté de tenir un rôle qu'il ne voulait pas endosser. On ne s'habitue jamais à l'âge qu'on a. Ce sont des événements extérieurs qui nous contraignent à l'intégrer : la mort de nos parents est le moment où la plupart d'entre nous réalisons d'abord que nous sommes désormais « en première ligne », avant de faire l'expérience du deuil qui nous enjoint de ne plus tricher désormais, mais de « réaliser » l'âge que nous avons « pour de vrai ». Souvenons-nous de la première phrase de *L'Étranger* d'Albert Camus : « Aujourd'hui maman est morte. » Puis : « Aujourd'hui maman est morte. Ou peut-être hier, je ne sais pas. » Le narrateur ne sait plus dans quel temps il se trouve. Il est à côté de lui-même. Il fait tout de travers et ne se sent pas triste, pas assez triste pour se comporter comme un fils qui vient de perdre sa mère. La sensation de faute qu'il éprouve à demander un congé à son patron pour l'enterrement, sa réaction de gêne, quand une fille rencontrée à la plage le lendemain de l'enterrement lui demande, quand il se rhabille, pourquoi il porte un brassard et une cravate noire, tout indique au lecteur qu'il ne se sent pas atteint. « J'ai pensé que c'était toujours un dimanche de tiré, que maman était maintenant enterrée, que j'allais reprendre mon travail et que, somme toute, il n'y avait rien de changé. » L'insensibilité à la pensée de la mort de sa mère, après l'assassinat qu'il commet, sera, au tribunal, une des clefs d'explication de son absence de sens moral. Ce ne sera que durant la nuit précédant son exécution, qu'il pourra, pour la première fois depuis longtemps, penser à sa mère et, ainsi, se réapproprier sa propre histoire en comprenant ses fautes. Il ne fait pas bon tricher dans ce genre de situation.

Voir mourir ses parents, c'est ressentir avec plus d'acuité qu'avant sa propre finitude. C'est être désormais « en première ligne ». Cette sensation fera partie désormais de notre expérience. Simone de Beauvoir, dans *Une mort très douce*, raconte comment, devant l'imminence de la mort de sa mère, elle ne sait plus qui elle est, ni ce qu'elle ressent profondément. Elle tente de se raisonner en se disant qu'après tout sa mère a l'âge de mourir, avant de tomber dans un état de grand désarroi en voyant les souffrances qu'elle est obligée de subir alors qu'il n'y a plus rien à espérer. Elle devient, comme Philip Roth, à présent le père de son père, sa propre mère, imitant ses mimiques, se recroquevillant, son corps entier entre dans une vague de douleur, comme s'il voulait « accompagner » sa mère dans cette ultime étape où elle ne peut plus crier qu'avec une voix d'enfant. Le cycle est clos. Devenir la mère de sa mère jusqu'à l'épuisement ; réaliser la mort de celle qui vous a enfanté permet de se déprendre de soi. « Penser contre soi est souvent fécond, mais ma mère c'est une autre histoire, elle a vécu contre elle-même. » Reste la fille avec ce chemin de révolte que n'a pu emprunter sa mère, la fille qui a su renouer le dialogue brisé depuis l'adolescence, la fille hors protection, la femme exposée à la nuit du Temps. Annie Ernaux raconte dans *Une femme* comment elle osa écrire en haut d'une page blanche « ma mère est morte ». C'était trois semaines après son inhumation, trois semaines durant lesquelles le jour elle pensait à sa mère : « ce n'est plus la peine de » ou « je n'ai plus besoin de faire ceci ou cela pour elle » et la nuit elle rêvait d'elle, elle qui était morte. Depuis son enterrement, elle pleure n'importe où et n'importe quand, et quand elle fait les gestes du quotidien, elle les fait à l'envers. Être en dessous de la littérature, dit Annie

Ernaux, pour raconter ce qu'était sa mère en dehors d'elle. Trouver le bon ordre, l'agencement des choses pour la retrouver vivante, continuer à vivre avec elle dans le temps où elle était dans le monde. Dans les derniers cycles de sa vie Annie a accueilli sa mère chez elle avec ses deux fils. Puis, durant les deux dernières années, la maladie d'Alzheimer a progressé, contraignant la fille à la mettre dans une institution spécialisée. La fille venait la voir chaque jour, sans cesse déchirée entre l'envie de l'emmener chez elle pour ne s'occuper que d'elle et l'incapacité de le faire. Durant ces deux années la fille a fait des heures de voiture sans savoir où elle allait, elle a eu des petits accidents sans en comprendre les raisons. Tout comme elle s'étonne elle-même quelquefois d'éclater de rire, de pleurer aussi beaucoup. Elle est déboussolée. Elle n'est même plus curieuse de connaître l'origine de l'absurdité de certains de ses comportements : ainsi de cette liaison qu'elle accepte avec un homme qui la dégoûte. Le jour de l'enterrement de sa mère les proches tentent de consoler Annie : « On me disait "Ça servait à quoi qu'elle vive dans cet état pendant plusieurs années". Pour tous il était mieux qu'elle soit morte. C'est une phrase, une certitude que je ne comprends pas. » La mère d'Annie Ernaux mourra huit jours avant Simone de Beauvoir. Quelques mois après sa disparition, Annie Ernaux passe devant la maison où s'est éteinte sa mère et voit de la lumière dans sa chambre. Elle note pour la première fois avec étonnement : « Il y a quelqu'un d'autre à sa place. » J'ai pensé aussi qu'un jour, dans les années 2000, je serais l'une de ces femmes qui attendent le dîner en pliant et dépliant leur serviette. Ici ou autre part. Dans son *Journal de deuil*, publié à titre posthume, Roland Barthes explique comment sa vie n'est pas pensable sans la présence de sa mère avec qui il a vécu toute sa vie et dont il s'est occupé jusqu'à son dernier souffle. Sa disparition provoque en lui un brouillage généalogique. Lui aussi est devenu le père de sa mère ou plutôt son compagnon, son veuf éploré : il s'étonne, lors de la première nuit après sa disparition, qu'existe l'expression « première nuit de noces » mais pas « première nuit de deuil ». Les six derniers mois il l'a soignée comme un enfant et, maintenant qu'elle n'est plus là, il éprouve l'impression étrange d'avoir perdu sa fille puisqu'il a été sa mère. Il tente cependant de faire face et de remplir ses obligations. Pour se donner du courage il se dit que la vie est devant lui – il a à l'époque soixante-deux ans – et qu'il va se mettre à écrire un roman. Il note aussi cette étrange formulation : « Je suis au milieu de la vie. » Il sent en lui cette capacité de rebond. Il continuera ses cours au Collège de France, écrira dans l'ombre portée de sa mère. Il ne lui survivra que trois ans. Dans son *Journal de deuil* il raconte qu'il rencontre des gens dont il sait qu'ils vont bientôt mourir. Eux ne le savent pas, mais lui le devine. À son propos, il écrit : « Maintenant que maman est morte je suis acculé à la mort. »

La douleur du vivant. L'impossibilité de considérer la vie comme n'allant plus de soi quand on perd celle qui vous l'a donnée. Comment unir la femme, l'homme qu'on est avec l'enfant qu'on a été ? Comment ne pas s'émietter, rester, en apparence, entier, comment relier l'existence d'avant et celle d'après tout en conservant la sensation de la continuité du monde ?

Il y a quelques années j'ai entretenu une relation mi-amicale mi-amoureuse avec une personne plus jeune que moi. Celle-ci insistait souvent sur le fait que nous avions le même âge – quinze ans nous séparaient – et que soi-disant « je ne faisais pas mon âge » et donc je n'avais pas besoin de l'avouer. Flattée pendant un temps bêtement j'ai suivi cette pente d'avoir une certaine honte de mon âge. Puis, un jour j'ai – à mon plus grand bonheur – « réintégré » mon âge, je me suis retrouvée, je me suis sentie libérée.

Du savoir de posséder un certain âge on peut faire aussi un viatique, voire une morale de vie. La vieillesse peut devenir alors, pour certains, l'expérience de la résignation, le décompte obsessionnel des amoindrissements, l'âge du jamais plus. Simone de Beauvoir dans *La Force de l'âge* : « Oui, le moment est arrivé de dire Jamais plus ! Ce n'est pas moi qui me détache de mes anciens bonheurs, ce sont eux qui se détachent de moi ; les chemins de montagne se refusent à mes pieds. Jamais je ne m'écroulerai, grisée de fatigue, dans l'odeur du foin... Jamais plus un homme. » Préférant la lucidité clinique et ravageuse de l'« avancée » de l'âge, Simone de Beauvoir refuse toute déploration et la traite en guerrière comme une ennemie qu'il faut combattre sans relâche. Les femmes se montreraient-elles plus courageuses que les hommes face à ce qu'on nomme le fléau de l'âge ? En tout cas elles n'aiment pas les faux-semblants et ne se réfugient pas dans l'illusion qu'elles sauraient en réchapper. De nombreux témoignages évoquent leur tranquille détermination à aborder la camarde. La marquise de Rambouillet mourut à l'âge de soixante-dix-sept ans en 1665. Cela faisait longtemps qu'elle s'était effacée en ayant décidé qu'elle n'existait plus. Pas besoin de faire endosser aux autres les jours que vous n'auriez pas dû vivre. Madame de Montespan savait qu'elle allait bientôt mourir et sa seule crainte était de mourir seule dans son lit. La nuit tombée elle demandait à ses domestiques de la veiller et d'allumer toutes les bougies. Le 27 mai 1707, sachant qu'elle allait vivre ses derniers instants, « elle fit ce qu'elle avait à faire », note le duc de Saint-Simon dans ses Mémoires et, en expirant, elle demanda qu'on ferme ses rideaux après sa mort. Peut-on se connaître si bien qu'on devance soi-même ses derniers instants ? Madame de Staël a, tout au long de son existence, refusé de s'abîmer dans la nostalgie du passé. Elle croyait aux éternels recommencements et était toujours sur le qui-vive, à l'affût de nouvelles aventures. Sa méthode ? Devancer l'âge. D'abord en prenant de nouveaux amants, en étant capable de disparaître pour qu'on la cherche, ne pas écouter celles et ceux qui vous parlent des conséquences néfastes de la « prise d'âge », ne fréquenter que des plus jeunes que soi et se marier avec un homme de vingt-deux ans plus jeune qu'elle. Elle mourra à cinquante et un ans, brutalement. Cinquante ans, c'est l'âge auquel Madame de Sévigné s'est déclarée elle-même vieille ; elle dit à sa fille que ça lui tombe dessus brutalement avec la perte de la croyance en son immortalité. Auparavant, elle le croyait. Elle vivait dans la vie comme un poisson dans l'eau. Et puis patatras, la vieillesse déboule. Comme elle dit, « M'y voilà ». Impossible de s'y soustraire et encore moins d'en reculer l'échéance. Alors elle se terre et prie le ciel que le sort ne l'amène pas trop loin. George Sand, elle, aura le loisir et le plaisir de se voir vieillir et de ne jamais se plaindre. Dans sa correspondance elle décrit minutieusement les conséquences de cette évolution : « On ne revient pas, on passe aussi, on est l'eau qui jase et qui coule. N'est-ce pas assez coulé, assez jasé, quand on a reflété de belles choses et qu'on les a aimées et chantées ? On s'ennuierait à continuer, on s'effraierait de recommencer. On vieillit seul, triste et recueilli mais tranquille, toujours tranquille. » Elle ne peut guère plus marcher alors elle peint, de l'aquarelle, mais découvre aussi le tachisme, s'achète un appareil photo, profite de sa petite-fille, sent le bonheur de l'accomplissement de la vie couler dans ses veines. Puis elle se rend compte qu'elle s'affaiblit. Elle le constate sans en faire une affaire. En accord avec elle-même et avec la nature qui l'environne elle se met en paix. À son cousin Oscar elle écrit, le 29 mai 1876, ce qui s'avéra sa dernière lettre : « Nohant est calme et gai. J'en ai vu bien d'autres et puis j'ai fait mon temps et ne m'attriste d'aucune éventualité. Je crois que tout est bien, vivre et mourir c'est mourir et vivre de mieux en mieux. » Colette, elle aussi, célébrera à sa manière l'automne de sa vie. Elle, que l'arthrite empêchait de bouger, au lieu de se plaindre du rétrécissement du monde, fera l'éloge du toit proche. Pas la peine de regretter l'inatteignable lointain. Apprenons à regarder le chardon azuré, la lézarde verte, mais aussi « l'herbe courte d'où s'élèvent, lestés de leur minuscules fruits oblongs, aigrettés d'argent filé, les derniers pissenlits ». Le toucher et l'odorat acquièrent alors une importance particulière et se révèlent pleins de promesses de bonheur. L'art de vieillir devient une seconde nature avec, en prime, les retrouvailles avec les années d'enfance.

Naomi Kawase a été abandonnée à sa naissance et fut accueillie puis élevée par sa grand-mère, Uno. Devenue cinéaste très jeune, Naomi s'acheta une caméra Super 8 et prit comme sujet principal de ses films… sa grand-mère. Elle la filma pendant des décennies, par toutes les saisons, dans toutes les situations. Pour la regarder vieillir. La caméra devient une main exploratoire décrivant par le menu détail les plis, les replis, les interstices, les lentes métamorphoses. Nous sommes conviés pendant des heures et des heures à voir la beauté du travail du temps sur le visage et le corps de sa grand-mère. Naomi ne lui pose pas de questions. À l'exception d'une fois : quand la grand-mère se sent si vieille et si fatiguée qu'elle lui demande de ne plus être sa mère adoptive. Là, Naomi s'emporte et l'agresse : l'âge n'est pas une excuse et encore moins une raison pour abandonner ceux qu'on aime. Naomi continuera à filmer sa grand-mère quand elle perdra la mémoire. Naomi continuera à filmer quand Uno ne la reconnaîtra plus. Uno mourra à l'âge de quatre-vingt-dix-sept ans. Le dernier film que lui consacre Naomi s'intitule *Chiri*. Par la magie du cinéma, et par sa croyance dans le cinéma, Naomi transfigure la vieillesse, en fait une splendeur, nous offre la présence absence de sa grand-mère en lumière.

« On a le même âge, Montand et moi. S'il a vécu mon vieillissement à mes côtés, moi j'ai vécu son mûrissement à ses côtés. C'est comme ça qu'on dit pour les hommes : ils mûrissent : les mèches blanches s'appellent des mèches argentées. Les rides les burinent alors qu'elles nous enlaidissent. » Quarante ans après la publication de *La nostalgie n'est plus ce qu'elle était* Simone a encore raison. Rien n'a vraiment changé. Les actrices âgées n'ont plus de rôle à l'écran et la prétendue vieillesse commence pour elles à la fin de la quarantaine. Rares sont leurs confidences, car elles n'ont même pas la possibilité de s'en offusquer tant l'impératif social du « pas montrable » au-delà d'un certain âge est entré dans nos têtes. Même si les hommes peuvent, eux, continuer à jouer les premiers rôles en se faisant passer pour des vétérans sexy, comme l'inoxydable Clint Eastwood, le toujours jeune Sean Connery, ou en écrivant des sketches sur ce sujet, comme Guy Bedos, qui nous fait hurler de rire avec ses soixante ans – cérémonie au cours de laquelle de soi-disant amis lui offrent une canne de randonnée et des chaussettes où sont inscrits ces mots : jambes encore en état de marche, et où il répète : « Je déteste les vieux surtout quand ce sont des vieilles. » On peut voir l'humoriste en boucle sur DailyMotion et constater que la salle croule de rire. Bedos joue sur du velours. Les vieilles sont plus vieilles que les vieux, c'est un cliché si répandu que si vous cherchez pour une femme l'équivalent d'un adjectif positif pour décrire un vieil homme comme celui de vénérable vous aurez bien du mal. Même la langue se dérobe. Pour des femmes qui veulent « durer », on dit qu'elles « s'accrochent » (à quoi ?), qu'elles ne savent pas « raccrocher » (les gants de boxe sur le ring qu'est leur vie ?). Bref, elles inspirent la pitié, sont traitées comme des réprouvées et des malheureuses sans ami ni famille qui oserait leur dire d'aller se cacher. Rares sont celles qui n'abandonnent pas le combat tant leur comportement est jugé déplacé, voire obscène.

Elle, on la voit sur les planches depuis les débuts du TNP. C'est dire, comme elle le souligne elle-même, qu'elle n'a plus d'âge. Elle est tellement star qu'elle ne veut pas que je dévoile son identité. Je salue son courage, elle qui, depuis des décennies, continue à monter sur scène, même si ce sont, quelquefois, dans des « petits théâtres » et pour des « petits rôles ». Pour elle, l'âge est tout sauf un problème. « C'est pas avec ma gueule que je joue, c'est avec ma mémoire, mon amour du texte, mon expérience du métier. S'il faut, pour continuer, qu'un metteur en scène me demande de mettre un sac sur la tête, je le ferai tant je me sentirais insultée par ceux qui me refuseraient des rôles en me rappelant le nombre d'années que j'ai au compteur. » Ses propos, elle me les tenait il y a encore un an. Aujourd'hui, en ce début d'année 2020 où elle me donne rendez-vous chez elle à 17h30, la première heure convenable pour boire du champagne, me dit-elle, les choses ont changé. C'est la première année qu'elle n'a pas de projets depuis qu'elle a commencé ce métier. Une pièce ne se monte pas faute de l'accord des ayants droit et, plus blessant, la reprise dans le privé d'une pièce à succès où elle jouait un rôle remarqué et remarquable se fait sans elle : elle a appris, en lisant le journal, qu'elle était remplacée par la femme du metteur en scène. Elle dit : « Je ne me sens plus bonne à rien. Je suis atteinte de la maladie de la vieillesse. Pourtant j'ai tenu le coup pendant longtemps. Être vieux, c'est une horreur. Être vieille, c'est encore pire. Tout a disparu : les amis, les amants, les endroits où je partais nager seule sont devenus des lieux infréquentables tant il y a de touristes. La solitude est une horreur. Plus personne ne va tomber amoureux d'une vioque comme moi. Et pourtant il n'y a que le sexe et l'amour qui soient les vrais remèdes pour retarder cette maladie de la vieillesse. Alors bien sûr, ce n'est pas crac boum hue, non pas le grand jeu, mais les caresses, le plaisir, la jouissance, oui, on y arrive. J'ai un amoureux intermittent avec qui je ne romps pas mais qui – le pauvre – est en train de perdre la tête. Heureusement il me reste l'amour du théâtre. L'espoir du théâtre. Cette sensation que j'éprouve quand je suis en scène et qui me remplit, cette intensité d'être. Mais tout cela, c'est fini. Qui aujourd'hui va engager une vioque de quatre-vingt-treize ans ? Un jour on m'a dit – c'était à l'occasion de la remise d'un prix prestigieux – l'âge que j'avais. Je n'y pensais jamais. J'étais drôlement bien foutue et ce jour-là j'ai réalisé que, oui, j'avais quatre-vingts ans. J'avais pas la gueule de quatre-vingts ans, mais être vieille c'est être moche. Je me suis toujours sentie moche depuis que je suis petite, mais là j'ai compris que je serais définitivement moche. Alors j'attends. » Elle est là, devant moi, toute habillée de noir, très élégante, une silhouette sexy, une bouche rouge très maquillée, les yeux aussi derrière des lunettes teintées. Elle est splendide. Sa chatte saute sur moi. Elle rit : « Elle veut me rendre jalouse. » On entend de la rue des sirènes de police. L'atmosphère devient mélancolique. Silence. Je prends congé. Sur le pas de la porte je lui demande : « Vous attendez quoi ? » Elle me répond en souriant : « La mort, bien entendu. L'idée que nous soyons mortels m'a toujours enchantée. Ça tarde à venir. »

Une association, l'AAFA, s'est créée il y a deux ans pour alerter l'opinion publique sur l'âgisme que subit de plein fouet la profession d'acteur, et encore plus, d'actrice. À partir de cinquante ans vous n'êtes plus « montrable ». Les actrices nomment ce phénomène le « tunnel des cinquante ». Rares sont celles qui, comme Catherine Deneuve, Isabelle Huppert, Charlotte Rampling, ont su, grâce à une réflexion qu'elles ont engagée depuis longtemps, continuer à jouer des rôles qui ne sont pas de leur… âge. Au XIXe siècle le théâtre, quand vous étiez célèbre, vous protégeait des ravages de l'âge. Vous étiez une jeune première pour toujours. Ainsi de Mademoiselle Mars, qui joua les ingénues jusqu'à un âge avancé. Plus proche de nous, Madeleine Renaud, qui disait en riant qu'elle changeait de rôle tous les dix ans. Elle commença en jeune première pour terminer dans son interprétation bouleversante de *Oh les beaux jours* de Samuel Beckett. À l'âge de quarante-huit ans, elle créa le rôle d'une jeune cocotte dans *Amélie*, rôle qu'elle occupa jusqu'à l'âge de soixante ans. Ces femmes remarquables sont des exceptions. Aujourd'hui, et de plus en plus vite, on vous désigne, on vous assigne à ce qu'on voit de vous. Une image, rien qu'une image. Un clic d'image ; une capture d'écran. Et même si les jeunes adorent utiliser sur les autres (pas trop sur eux) l'application qui permet de se voir vieillir, l'apparence sert de viatique aux décideurs du désir qui pensent qu'au-dessus de quarante ans un visage n'est plus « offrable » à un public toujours plus avide de chair fraîche et de modèles d'identification, d'autant plus nécessaires avec la surconsommation des selfies, qui augmentent l'angoisse de savoir... à qui ressembler. Les hommes sont, encore une fois, plus préservés de ces ravages symboliques. Regardez comment George Clooney a su évoluer depuis une bonne décennie en présenior érotisé, si sexy qu'il pourrait nous convaincre de boire des boissons aphrodisiaques grâce auxquelles nous n'hésiterions pas à le suivre au paradis, sans parler de l'inamovible Clint Eastwood qui traîne sa mélancolique, nonchalante, élégante silhouette et qui fait de son cinéma le miroir de ses propres interrogations sur son statut de très beau mec. Vieux pas vraiment, puisque très beau...

À la télévision aussi, depuis très longtemps, une certaine image de femme lisse, plutôt blonde et jeune, envahit les chaînes. Les présentatrices de météo doivent avoir l'air séduisantes, les journalistes et les productrices d'émissions de plus de cinquante ans ont quasiment déserté les écrans. Les présentateurs et les producteurs, eux, qui ont le même âge et/ou plus, sont toujours là. Les responsables des antennes – souvent des hommes, comme on dit, « dans la force de l'âge » –, recherchent toujours et encore leur part de chair fraîche, uniquement féminine, et, quand ils vous licencient à cause de votre âge, ils prétextent bien sûr d'autres motifs, tout en vous faisant comprendre qu'il était, depuis des lustres, temps pour vous de « décrocher » comme si ce métier était une addiction. Dans les publicités il y eut, il y a cinq ans, une mode, hélas éphémère, tant aux États-Unis qu'en France, dans certains grands journaux – je pense notamment à *M* le magazine du *Monde* en novembre 2014, où des modèles âgées, voire très âgées, étaient prises, sans Photoshop, comme héroïnes d'un monde où les rides valaient considération, les marques sur le corps signes d'une vie bien vécue et où vieillesse et beauté faisaient si bon ménage que les annonceurs se sont sentis dépassés par les réactions positives des… plus jeunes comme des autres.

La vague semble s'éloigner malgré quelques épisodes positifs comme le film *Gerontophilia* de Bruce LaBruce en 2013, où un jeune homme s'éprend dans une maison de retraite d'un monsieur de quatre-vingt-deux ans, ou le blog *Advanced Style* de Ari Seth Cohen qui met en majesté somptueuse et sexy des seniores, ou encore le photographe Sacha Goldberger qui a pris comme sujet et comme icône… sa grand-mère, qu'il met en situation de superhéroïne dans sa série *Mamika.* Heureusement, des associations comme celle fondée par Marie-Françoise Fuchs, intitulée malicieusement *Old'Up*, se battent pour repenser l'avancée en âge et emprunter à d'autres modèles que les nôtres, notamment indiens, en puisant dans ce réservoir de vie contemplative, devenir citoyen du monde, rester engagé dans ce monde, libérer une énergie inconnue au profit d'une maturation intérieure. Ne plus être dans l'avoir et le faire et le refaire pour s'approcher de son être.

Le verbe être. Cette instantanéité du présent à l'intérieur duquel nous vivons. Toutes ces choses nouvelles qui nous parviennent sous le flux de la perception même de vivre. On classe, on range tout ce qui nous parvient sans même s'en rendre compte. On évite les collisions. On sait encore ce qui s'est passé juste avant, on tient aussi l'avenir en garde-fou. Dans la vieillesse, quelquefois, cette notion de temporalité évidente, naturelle, cartésienne s'effondre. Comme tout le monde j'ai des proches qui ont Alzheimer ou la démence sénile. Comme tout le monde, j'ai peur que cela me tombe dessus. Je guette les moindres symptômes. Saurai-je m'en apercevoir ? Qui me le dira ?

Flaubert écrit : « Il faut tout apprendre, depuis parler jusqu'à mourir. »

« Presque tous les jours ma mère me dit qu'elle est prête à mourir. Et puis elle ajoute : Mais je ne veux pas vivre vieille et décrépite sans plus un seul neurone valide…

— Non moi non plus, maman, je ne veux pas de ça.

— J'ai quel âge ? demande-t-elle une fois de plus.

— Quatre-vingt-quatorze ans.

— Et toi tu as quel âge alors ?

— Soixante-deux.

Elle me dit qu'il ne peut être vrai que son enfant soit devenue si vieille. »

Siri Hustvedt dans *Souvenirs de l'avenir* parle d'elle, de nous, pour nous, pour notre génération. Nos parents vieillissent de plus en plus longtemps. Saurons-nous leur donner et leur rendre tout ce qu'ils nous ont offert depuis notre naissance ?

On se fait des idées sur la vieillesse. On pense que c'est un âge auquel on peut parvenir grâce aux progrès de la médecine et de l'hygiène. Vrai et faux, car des vieux il y en a toujours eu depuis l'aube de l'humanité. Moins avant, bien évidemment, et nos connaissances sont fragmentaires sur certaines périodes. Il n'y a pas de progression dans l'acceptation de la vieillesse à travers les siècles. Pourquoi au Moyen Âge les vieux étaient-ils considérés comme des moins que rien, alors que dans l'Antiquité, il fallait avoir un âge certain pour prétendre occuper les hautes fonctions ? L'expérience même de la vieillesse a beaucoup oscillé. Ainsi, saviez-vous que Sophocle écrivit sa dernière pièce, *Œdipe à Colone*, à quatre-vingt-dix ans, Euripide ses *Bacchantes* et son *Iphigénie à Aulis* à quatre-vingts ans. Platon termina sa dernière œuvre, *Les Lois*, peu avant son suicide, à quatre-vingt-un ans. Son contemporain et grand rival Isocrate publia jusqu'à l'âge de quatre-vingt-dix-huit ans. Caton l'ancien vécut jusqu'à quatre-vingt-cinq ans. Parmi les Pères de l'Église, saint Augustin vécut jusqu'à soixante-seize ans, Tertullien jusqu'à près de quatre-vingts. Nos Beethoven et Verdi font pâle impression auprès de cette cohorte de post-seniors de l'Antiquité. Chanceux et très résistants, ils étaient aussi beaucoup moins nombreux que nous et ces vieux-là pouvaient être considérés comme des survivants, alors qu'aujourd'hui nous sommes devenus si nombreux que nous inspirons pitié et effroi. En tout cas, ils ont été préservés des dommages causés par le culte de la jeunesse que nous subissons de plein fouet depuis une cinquantaine d'années.

Au haut Moyen Âge Brunehilde dépassera l'âge de quatre-vingts ans. Est-ce un prodige si diabolique qu'il a fallu qu'elle le paye par la peine capitale ? La longévité de cette reine d'Austrasie lui permit, en effet, de jouer un rôle durant les règnes de son époux, de son fils, de ses petits-fils. C'est sous le règne de son arrière-petit-fils qu'elle est livrée à un roi ennemi. Elle sera traitée au moment de sa mort comme si elle avait l'âge d'une jeune fille : attachée à la queue d'un cheval sauvage puis brûlée en place publique. Nombreux sont les auteurs, d'Érasme à Du Bellay, sans oublier Rabelais, à évoquer les vieilles femmes avec des sexes qui bâillent, des ventres proéminents, des pouvoirs de sorcière, poussant des glapissements obscènes pour réclamer leur pitance sexuelle. Seul Brantôme, dans *La Vie des dames galantes*, vante dans son quatrième discours les connaissances érotiques extrêmement raffinées des dames mûres, seules véritables expertes en plaisir.

La Révolution française aura à cœur de rendre un hommage solennel aux vieillards qui auront droit à leur fête nationale. Le 23 octobre 1789 est voté à l'Assemblée le principe d'un secours obligatoire à tout vieillard et l'inscription de ceux-ci dans le grand livre de la bienfaisance nationale. En 1793, honorer la vieillesse devient, officiellement, une vertu civique. Est éradiquée ainsi la charité qui était la manière de traiter la pauvreté du grand âge de l'Ancien Régime. La notion de dette sociale enjoint « d'assister sans travail ceux à qui l'âge et les infirmités ôtent tout moyen de s'y livrer ». Pour les révolutionnaires, la société est le fruit des efforts qui ont été accomplis par les aînés dans le passé. Il faudra attendre la IIIe République, avec la loi de 1905, pour que cette dette sociale soit concrétisée par une loi : l'assistance obligatoire aux vieillards indigents et, pour la première fois, une large fraction de la population – plus de vingt-deux pour cent – bénéficie de l'aide de la nation.

Il faut distinguer l'histoire des rôles réels de la vieillesse dans la société et sa représentation dans les images sociales. Dans les sociétés chrétiennes médiévales du début des temps modernes jusqu'au XVIIIe siècle, la vieillesse n'était pas valorisée. Le vieillard, c'était celui qui avait survécu aux maladies et qui s'était retiré dans tous les sens du terme. Il pouvait être dévot, studieux, ratiocineur. Il était habillé de noir et il méditait sur le sens de la vie. Souvenons-nous des tableaux de Rembrandt. Il peut être aussi malade, avide, pervers, dégager une odeur désagréable, perdre ses dents. Les barbons de Molière – moyenne d'âge cinquante ans – sont ridicules car ils ne veulent pas se retirer du monde et céder leur fortune… Au cours du XVIIIe siècle, un basculement se produit et le modèle du noble vieillard, repris de l'Antiquité, surgit. La figure du patriarche perdurera jusqu'au XIXe siècle et Victor

Hugo la magnifiera à tout jamais. Dès lors, et curieusement avec des termes similaires, on célébrera l'enfant, auparavant grand absent, comme on louera la beauté du vieillard, la jouissance de vieillir. Être arrivé à survivre, dépasser les limites devient une distinction que l'on vous envie… « L'un des privilèges de la vieillesse c'est d'avoir, outre son âge, tous les âges. » Se projeter dans l'infini, rejoindre l'arche du temps, s'oublier soi-même pour rejoindre le cosmos, affronter les ténèbres les yeux ouverts, trouver dans le noir les couleurs de l'arc-en-ciel, faire de ses rêves des prophéties, Hugo l'écrit et le vit aussi provoquant encore en nous aujourd'hui une tempête d'énergie noire. La sensualité cosmique serait-elle un don que la nature octroierait aux plus âgés ? De Booz endormi sort un chêne qui va jusqu'au ciel, à ses pieds une femme, le sein nu, est « couchée », l'univers entier participe à la voluptueuse symphonie nocturne. Rarement comme dans ce « Booz endormi » la grandeur du grand âge a été portée à une si haute gloire. La romance de ce patriarche octogénaire avec cette moabite glaneuse conserve de nos jours sa force érotique. Celui qui revendiquait de commencer une carrière à soixante-quatorze ans tint sa promesse : il publie à soixante-quinze ans *L'Art d'être grand-père* et théorise ce qu'il nomme son « mûrissement » en art de vivre. Retour à la sublime innocence première, retour à la raison, retour à la lumière ! « Alors vous êtes fou, grand-père. J'y consens. Tenez, messieurs les forts et messieurs les puissants, défiez-vous de moi, je manque de vengeance… » Indestructible sauvagerie de la beauté du texte de Hugo qui demeure aujourd'hui celui qui s'est aventuré le plus loin dans l'océanique de l'âge.

Et si Victor Hugo avait raison ? Aux vieux et seulement aux vieux ne seraient permis que certains plaisirs ? Par exemple celui de philosopher ?

Dans *Qu'est-ce que la philosophie ?* de Gilles Deleuze (l'un de ses derniers textes, il se donna la mort en 1995, à l'âge de soixante-dix ans) et de Félix Guattari, tous deux posent la question de la vieillesse comme ouverture au monde : « Peut-être ne peut-on poser la question Qu'est-ce que la philosophie ? que tard, quand vient la vieillesse, et l'heure de parler concrètement… Il y a des cas où la vieillesse donne non pas une éternelle jeunesse mais une souveraine liberté, une nécessité pure où l'on jouit d'un moment de grâce entre la vie et la mort, et où toutes les pièces de la machine se combinent pour envoyer dans l'avenir un trait qui traverse les âges. »

Au XIXe siècle, c'étaient les vieux qui nous gouvernaient parce qu'ils étaient… âgés, riches aussi. Mais être vieux était une condition pour avoir et exercer le pouvoir. Pendant la Restauration le suffrage censitaire fonctionnait certes sur les titres de propriété mais aussi et surtout sur le grand âge. Les éligibles étaient les vieux et les très vieux. Les vieillards continuèrent à faire la loi après 1830 à la Chambre des pairs. Talleyrand raconte à Guizot en 1835 : « Je suis allé hier à la Chambre des pairs… nous n'étions que six et chacun de nous avait plus de quatre-vingts ans. » Thiers avait soixante-seize ans à son départ en 1873. Clemenceau prit le pouvoir à soixante-dix-sept ans, Churchill l'abandonna à quatre-vingt-un, Adenauer à quatre-vingt-sept. Plus près de nous, le général de Gaulle semble être le benjamin quand il se retire à soixante-neuf ans, âge qui, à l'époque, le rangeait pourtant dans la catégorie des vieillards. Depuis l'élection de Nicolas Sarkozy à la présidence de la République l'image du vieux barbon avec de hautes fonctions en politique a pris un coup dans l'aile. L'élection d'Emmanuel Macron a renforcé l'idée dans l'opinion politique qu'il valait mieux être jeune et en bonne santé pour pouvoir et savoir répondre à tout instant à tout type de situation. Jamais pendant la campagne présidentielle l'âge de Macron n'a renvoyé à un manque d'expérience et n'a été perçu comme un handicap. C'eût été encore impensable il y a vingt ans, où la pratique des institutions, la sédimentation des expériences, les parcours lents et imposés de ce métier barraient la route aux trentenaires… Le monde entier nous envie la jeunesse de notre président (même ses adversaires) et cette expérience qu'il a de son statut – qu'on soit d'accord ou pas avec lui – en raison peut-être de son âge et non malgré lui… accentue en France l'omniprésence et l'omnipuissance de la jeunesse… au détriment, hélas, de la vieillesse reléguée, marginalisée, inutilisée parce que jugée inutile.

Heureusement la reine mère, Élisabeth d'Angleterre, veille sur nous. Du haut de ses quatre-vingt-quatorze ans, celle qui a tout traversé, continue à jouer son rôle et à nous rassurer. Elle est une des rares personnes au monde à qui son peuple fête son anniversaire. Véritable icône d'une certaine idée de la sérénité et du goût de vivre, elle veille sur nous les vieux et véhicule malgré elle un message positif aux plus jeunes… Quel est son secret ? manger du cygne ? tordre elle-même le cou des faisans qu'elle a abattus, regarder depuis trente ans tous les soirs la série *East Enders* avant d'aller prendre son bain avec du savon à l'eau de rose ? À quatre-vingt-neuf ans, elle s'est lancée sur Twitter, à quatre-vingt-douze sur Instagram. L'an dernier elle a tancé son fils, accusé d'avoir eu des expériences sexuelles avec une mineure et l'a puni comme s'il était encore un enfant en lui ordonnant de se retirer de la vie publique. Devant Boris Johnson, elle a lu d'une voix monocorde son programme de sortie de l'Europe, sans ciller. Face à la décision de son petit-fils adoré de renoncer à vivre dans son pays, elle n'a peut-être pas dit ce qu'elle pensait mais elle a compris. Peut-être l'enviait-elle d'avoir osé ? Lors de la pandémie, et alors que son Premier ministre était hospitalisé, elle a su trouver – avec concision, empathie et humour – les mots pour remercier l'ensemble des personnels soignants et donner une note d'espoir à ses concitoyens avec naturel et profondeur. Que nous prépare-t-elle comme surprises pour son centenaire ? Enverra-t-elle toujours, quand elle y parviendra, des lettres de vœux signées de son nom, à tous les centenaires de Grande-Bretagne, comme elle en a l'habitude depuis qu'elle est reine ?

Au cours du XIXe siècle on devisait avec gourmandise et curiosité de la mort. On se donnait même rendez-vous pour en parler. À Paris, les célèbres dîners Magny – réservés à la gent masculine, seule George y fut reçue – réunissaient à partir de 1862 les frères Goncourt, Daudet, Zola, Flaubert, Sainte-Beuve, pour en discuter librement. À Helsinki, au début des années 1920, au café Kraup, à une table dite citron – le citron est le symbole chinois de la mort – Sibélius avait rendez-vous chaque semaine avec des médecins, des hommes de loi, des poètes… Réhabilitons ce genre de réunions conviviales. Et si on organisait des dîners débat avec prix de la consolation pour le meilleur orateur ? Remarquons qu'au contraire il est malséant aujourd'hui de parler de son âge et de celui des autres. C'est un sujet qui fâche ou qui entraîne tout de suite des réactions d'apitoiement. Oh ma pauvre tu travailles sur la vieillesse… comme je te plains, mais qui t'y a obligée ? Notre malaise civilisationnel vis-à-vis de l'âge empêche la réflexion et entrave toute idée d'anticipation. Si nous sommes optimistes nous nous disons que nous allons passer tardivement entre les fourches Caudines, si nous sommes pessimistes que de toute façon ça va bien nous tomber dessus, alors ce n'est pas la peine d'y penser. Si prendre des années est une fatalité, savoir vieillir est une possibilité et peut même devenir un art. Devenir vieux pourrait être un privilège, voire un supplément d'âme, à condition bien sûr que la maladie vous épargne. Certes la vieillesse présuppose une acceptation, peut-être un dédoublement de soi-même – se voir autrement que ce qu'on a été –, mais elle passe aussi par le désir intact de vivre, et la joie d'être encore dans le monde. Ce qui est préoccupant aujourd'hui, en cette période charnière où l'espérance de vie croît depuis des années, fabriquant une classe d'âge nouvelle – les oldest old – c'est que la vieillesse soit de plus en plus vécue comme un poids, un danger, une disgrâce.

Je vis d'images sociales. Le vieux c'est l'âge apposé par un « jeune » qui, à partir de là, se voit lui-même « jeune ». Ce mouvement met en marche un racisme : je m'exclus d'une exclusion que je pose et c'est ainsi qu'à mon tour j'exclus et que je consiste… Tu es jeune, tu es vieux, alors tais-toi (attends, débarrasse, n'entre pas, paie plus cher). Il y a un racisme des âges, de tous les âges. Roland Barthes

Certaines, certains décident, de leur vivant, parce qu'ils ont justement fait l'expérience de l'âge et/ou parce que l'échéance approche, de construire ce que je nomme un temple à la vie, à leur vie. Ils éprouvent un sentiment de gratitude – pour reprendre le titre du merveilleux livre d'Oliver Sacks – et une si grande reconnaissance de tout ce qui leur a été donné que la peur de vieillir ne les atteint plus, tant ils sont imprégnés de ce passé qui irrigue leur présent. Ils vivent chaque instant comme si c'était le dernier et leur volonté est tendue vers la recherche des plus petits bonheurs. On les sent invincibles. Ils inspirent l'admiration mais ne souhaitent pas la susciter. Contrairement à certains stoïciens qui faisaient de leurs préceptes un enseignement, eux ne s'appliquent qu'à eux-mêmes ces façons de considérer l'existence. Loin des maîtres penseurs, ils ne prêchent pas, se cachent et font les effarouchés quand on veut leur rendre hommage. Ce sont des amoureuses, des amoureux de la vie et nous en connaissons tous. Certaines ont laissé des traces écrites, comme Françoise Héritier, anthropologue de renom, professeure au Collège de France, qui publia, alors qu'elle se savait condamnée par une maladie auto-immune, *Le Sel de la vie* puis *Au gré des jours*. Dans ces journaux de vagabondage poétique, carnets de notes du quotidien, elle consigne toutes ses sources d'émerveillement : les échos des jeux d'enfant dans une cour, l'odeur du foin mouillé sur un champ après l'orage, l'intensité du bleu du ciel par une journée d'hiver, la voix de John Wayne lors d'une rediffusion à la télévision, chanter par cœur en italien le *Chant des partisans*, écosser les petits pois à plusieurs en bavardant, reprendre son souffle en haut d'une côte à vélo, attendre la chaleur de l'été pour guetter les premières stridences des grillons… la liste est infinie de ses menus plaisirs qui sont aussi les nôtres et dont elle se gorge pour mieux nous les donner, tout en s'en servant comme rempart contre l'inéluctable qui approche. *Plaisirs*, c'est le titre du dernier opus de Dominique Rolin, qui évoque le grand âge comme une douceur, une libération, une acceptation de soi-même, une nouvelle liberté intérieure, un rendez-vous permanent avec son vrai soi. Elle qui ne s'est jamais aimée scrute dans le miroir avec plaisir le bleu de ses yeux délavés, ses mâchoires proéminentes qui l'ont tant fait souffrir. Elle s'accepte enfin telle qu'elle est. Son présent dorénavant est entièrement dévolu à cette étrange joie : sur-vivre : « Les deux syllabes courtes et veloutées, sexuelles, blanches me rappellent le vol des mouettes au-dessus du bras de mer élargi dans la ville étrangère. » Gratitude, c'est le mot qui vient à l'esprit d'Oliver Sacks, célèbre psychiatre américain qui a inventé une nouvelle approche de la maladie mentale, quand son médecin lui apprend – il a alors quatre-vingts ans – que son cancer lui laisse six mois de répit. Heureux de ne pas être encore mort. Gratitude donc à la vie :

« Me voilà nez à nez avec la mort
Mais je n'en ai pas fini avec la vie. »

Désir mais aussi volonté de parachever son existence. Ne pas se laisser piéger par l'âge, récupérer comme on peut de l'énergie pour éprouver l'impression que recommencer chaque jour à vivre vous tiendra en haleine. Son père – mort à quatre-vingt-quatorze ans – lui avait souvent répété qu'entre quatre-vingts et quatre-vingt-dix ans il avait vécu ses meilleures années. L'approche de la mort est plus vécue comme un combat intéressant intellectuellement que comme une diminution de l'appétit de vivre. Aimer et travailler, telle est sa devise. Sa vie psychique s'approfondit, ses vues sur le monde s'élargissent au lieu de s'amenuiser, son sentiment de la beauté s'aiguise et ses fausses impatiences ne l'encombrent plus. Payer ses dettes à l'égard du monde tout en honorant l'amour et l'amitié, parvenir à un nouveau seuil de sagacité et d'entendement, voilà ce qu'il lui reste à faire : « Je ne peux pas dire que je n'ai pas peur mais le sentiment qui prédomine en moi est un sentiment de gratitude. J'ai aimé et été aimé, j'ai beaucoup reçu et donné beaucoup en retour, j'ai lu et voyagé, pensé et écrit. Je me suis livré à un corps-à-corps avec ce monde. » L'approche de la mort peut, paradoxalement, être un des moyens de jouir de sa vieillesse. Sacks l'affirme : « Je ne considère pas l'âge mûr comme une période vouée au déclin que l'on devrait subir le mieux possible mais comme un moment de plaisir et de liberté, où je suis libéré de l'exigence factice du début, libre d'explorer ce que je souhaite… » Voltaire, lui aussi, qui s'est si souvent plaint de l'approche de sa vieillesse, à partir d'un certain âge, s'en émerveille : à quatre-vingts ans, il note : « Le cœur ne vieillit pas mais il est pénible de loger un dieu dans des ruines... Il est vrai que je suis un peu sourd, un peu aveugle, un peu impotent ; le tout est surmonté de trois ou quatre infirmités abominables : mais rien ne m'ôte l'espérance. »

L'âge peut nous donner de la force. Peut-il nous donner aussi du talent ? Certains artistes, notamment des musiciens, des peintres, des écrivains ont, indéniablement, une « œuvre tardive » qui confine au génie. Il existe assurément un style de la vieillesse qui n'est pas que le résultat des années qui passent mais bien un don implanté chez l'artiste parmi ses autres dons et qui n'éclot que dans le dernier âge. Par exemple, la découverte que fit Titien à la fin de sa vie de la lumière pénétrante ou celles de Rembrandt et de Goya qui, tous deux après la fleur de l'âge, parviennent à rendre visible ce qui est invisible comme s'ils atteignaient une forme de métaphysique. Ou encore Poussin dans son œuvre *L'Hiver ou Le Déluge universel*, quatrième tableau du cycle des saisons consacré à l'hiver, peint pour le duc de Richelieu, en est une des plus belles illustrations. Cette œuvre ultime a inspiré Rousseau, qui la jugeait « réellement sublime », et Chateaubriand y voyait « l'admirable tremblement du temps ». Encore faut-il, comme il le fait remarquer dans la *Vie de Rancé*, avoir été un génie auparavant. Ce n'est pas l'âge tout seul qui est une grâce, c'en est la condition pour se permettre une forme d'abandon, une mise à distance des vanités du monde, un lâcher-prise qui autorise une certaine forme de dépassement. Il y a encore trente ans, le travail dit « ultime » des artistes était, au mieux, ignoré, au pire, controversé. Aujourd'hui, ces œuvres peuvent enfin être reconnues comme les plus remarquables, voire les plus novatrices, d'une incroyable modernité, comme en avance sur leur temps. Les *Nymphéas* ne sont plus de nos jours considérés comme un effet regrettable de la vue déficiente de Monet, l'un des derniers autoportraits de Bonnard – *L'Autoportrait dans la glace du cabinet de toilette* – comme un chef-d'œuvre de méditation sur le devenir du temps, les papiers découpés de Matisse annonciateurs de nouvelles techniques et non renoncement à l'acte de peindre, les dernières peintures à points de Picabia ont été réévaluées comme témoignant d'une grande liberté formelle. Seul compte alors le plaisir de peindre pour ces artistes qui osent réinventer le vocabulaire pictural. Il existe dans ce retour sur soi à la fin de la vie un besoin de savourer ses propres possessions, son propre accomplissement mais aussi de l'approfondir comme quelque chose de dépassé. D'où ce sentiment de risque que nous éprouvons à les contempler. Le succès rencontré par les expositions montrant les œuvres tardives de Picasso prouve qu'est désormais révolu le temps où l'on pensait que c'était un vieillard sénile obsédé par le sexe qui barbouillait ses fantasmes comme un gâteux sur ses toiles. L'âge devient intensité, plénitude, capacité prophétique de se tenir au seuil. « Souvent les hommes de génie ont annoncé leur fin par des chefs-d'œuvre », disait Chateaubriand. Cette nouvelle manière de regarder l'histoire de l'art, fondée non sur une pseudo-« sagesse » octroyée par le nombre des années, rompt avec ce cliché de l'âge vénérable, de la maîtrise, et met en lumière, au contraire, l'intranquillité qui caractérise les soirs de l'existence, l'absence de compromis, la rage d'être encore vivant. Edward Saïd l'a théorisé dans ce qui fut son dernier séminaire, publié à titre posthume sous le titre *Du style tardif*. Existe-t-il des qualités spécifiques de la perception et du sens de la forme qui surgiraient lors de la phase ultime de l'existence ? Assurément oui, répond Saïd, qui prend l'exemple des grands génies comme Shakespeare avec *La Tempête* et *Le Conte d'hiver*, Beethoven avec les cinq dernières sonates pour piano, la Neuvième Symphonie, les dix derniers quatuors à cordes, sa Missa Solemnis, les dix-sept Bagatelles pour piano qui rompt avec tout ce qu'il sait maîtriser et part en exil dans des terra incognita, ou encore Verdi qui, à la fin de sa vie, compose *Othello* et *Falstaff*, deux œuvres desquelles émane non un esprit de résignation mais un regain d'énergie. C'est l'intransigeance, les efforts douloureux, les contradictions non résolues, la confrontation avec la mort, l'éloignement de l'idée de réussite qui font la marque de ces œuvres tardives qui nous bouleversent par leur accent de vérité tragique.

Il suffit, pour persuader, de contempler les œuvres de Louise Bourgeois, dans les dix dernières années de sa vie : elle est alors nonagénaire – fabrique des œuvres en chiffons, coupe, répare, assemble comme un retour à l'enfance dans l'atelier de sa mère, elle chante beaucoup, écrit des comptines, fait des livres en tissu, consciente de la réactivation de son passé, mais à la recherche de son futur. Elle dit « avoir la réminiscence de ce qui n'a jamais existé ». Elle accepte de « quitter la maison », « de faire ses bagages ». Elle l'éprouve, elle le dit, elle l'écrit : « Je lâche tout, je m'éloigne de moi-même. » Le thème de la maternité revient de manière obsédante. Elle fabrique des têtes avec des bouts d'étoffes rapiécées, certains ont la bouche bâillonnée, impossible pour eux de crier. Elle se figure elle-même face à la décrépitude. Elle vit l'écoulement du temps physiquement et dessine des horloges, des aiguilles qui indiquent les heures. Elle imprime sur des tissus certaines phrases de ses carnets : « obsession ou confusion », « ne t'occupe pas de toi-même, occupe-toi des autres ». Elle qui s'interroge depuis longtemps sur ce qu'elle nomme le monde d'en haut, sur l'évanescent et l'éternel, se laisse déborder par cette vie qui la dépasse, dessine des maternités en s'identifiant aux nourrissons. Celle qui, à l'âge de soixante ans, disait qu'elle se sentait la jeunesse d'une fille de dix-huit ans et voyait la vieillesse comme une bénédiction, notait dans ses carnets : « Actuellement j'aime les gens âgés, parce qu'ils sont modestes et souvent tristes. Ils se débattent parce qu'ils se sentent souvent laids. En fait ils ne sont pas laids, ils sont intéressants comme des arbres qui ont survécu aux tempêtes. » Elle travaillera jusqu'au bout malgré la fatigue, les pertes de mémoire et inventera de nouvelles techniques. Une de ses séries, exécutée deux ans avant sa disparition, s'intitule *À l'infini*, suite de nœuds, de boucles, d'entrelacs d'où s'échappent une cohorte d'êtres au tout début de leur existence. Je défie quiconque de ne pas être bouleversé en les contemplant.

L'âge comme une possibilité d'être en surplomb de l'existence ?

L'âge comme l'apprentissage du compagnonnage avec l'idée de néant ?

L'avaritia, l'amour immodéré du monde, a été longtemps considérée comme un péché, comme une alliance avec le diable. L'endurcissement contre Dieu nous aurait-il conduits à remplacer la mort par le sentiment de mortalité ? La mort ne s'est-elle pas diluée dans le sentiment même de la vie alors que dans le passé il était le dernier instant ? L'expérience de l'âge au long cours serait-elle pour certains une tentative de poursuivre le vieux rêve de l'immortalité ?

Dans les monothéismes les vieux sont inclus dans la société. Ils ne sont ni en dehors ni en marge. Une société ne saurait se penser comme un tout si l'une des parties restait en dehors. Dans la Bible le Patriarche est à la fois propriétaire des biens qu'il régit, maître du travail qu'il régente et juge des affaires humaines. C'est parce qu'il est parvenu au summum de l'âge qu'il occupe ce statut social privilégié. La vie qui se prolonge, c'est du pouvoir qui s'accumule grâce aux années. La personne âgée atteint à la plénitude de l'humain et s'en trouve vénérée. Elle fait lien entre les générations et les sexes, contrairement à notre société où elle est « sortie » du contrat social, car jugée inutile et dangereuse.

On a beau, si on est pessimiste, penser qu'on est vieux avant l'âge, on a beau le proférer, le répéter, l'expérience du temps, en nous et sur nous, inscrit ses traces psychiques et physiques et dessine une cartographie de cicatrices que, vaille que vaille, nous essayons de masquer. L'altération ou la modification que les années gravent en nous modifient notre définition et notre goût de l'avenir. La sensation de « brûler » son temps sans y prendre garde, cet appétit d'illimité que nous trouvons si normal que nous n'y prêtons pas attention, s'amenuise pour se transformer en volonté de vivre encore, voire de survivre. Cette sorte de langueur est une forme adoucie voire estompée de ce bouillonnement de vivre que nous possédons en partage dès notre naissance. Ce n'est pas forcément un amoindrissement de nous-mêmes, de nos capacités, de nos possibilités – quand on est jeune on se dit souvent que les vieux sont en tout diminués parce que cela nous arrange de le penser – mais c'est un rapport avec l'horizon, la perception d'un quatrième mur, l'absence d'échappatoire qui peut se transformer en domestication de son propre destin. Chateaubriand encore : « Pour moi, tout épris que je puisse être de ma chétive personne, je sais bien que je ne dépasserai pas ma vie. On déterre dans des îles de Norvège quelques urnes gravées ornées de caractères indéchiffrables. À qui appartiennent ces cendres ? Les vents n'en savent rien. » La *Vie de Rancé* est le dernier texte écrit par Chateaubriand qui fit de la vieillesse, par la grâce de son écriture, un état existentiel et non, comme il le souhaitait, une demi-mort. C'est en le lisant et en le relisant qu'est venu le désir du titre de ce livre, *La Voyageuse de nuit* : « La vieillesse est une voyageuse de nuit : la terre lui est cachée ; elle ne découvre plus que le ciel. »

Dans la pièce de théâtre de Lars Norén, *Poussière*, qui met en scène de très vieilles personnes qui sont entre la fin de vie et l'approche de la mort, l'une d'elles s'approche des autres et leur crie : « A-t-on vraiment pris le temps de devenir jeune ? »

C'est une très bonne question, dit l'ami Edgar, qui ajoute en riant : « Je connais beaucoup de petits vieux qui ont la trentaine et qui me donnent le cafard et un certain nombre de nonagénaires qui me donnent la pêche. » Vieillir ce serait donc vivre en sachant ce qui est le plus important pour soi, tout en se projetant dans l'avenir. Ne jamais se sentir « arrêté », dit Simone de Beauvoir dans son livre *La Vieillesse*. Elle ajoute : « Chaque jeune deviendra, lui aussi, un vieux et la jeunesse, elle aussi, n'a qu'un temps. Tout vieux a été jeune mais tout jeune n'a pas eu, comme chaque vieux, le privilège de mettre à distance les vacarmes du temps qui obstruent l'intensité du présent… » Et si c'était quand même bien d'être vieux ?

LA VISION DE L'ÂGE

« Pour moi qui l'avais connu au seuil de la vie, il était mon camarade, un adolescent dont je mesurais la jeunesse par celle que, n'ayant cru vivre depuis ce moment-là, je me donnais inconsciemment à moi-même. J'entendis dire qu'il paraissait bien son âge, je fus étonné de remarquer sur son visage quelques-uns de ces signes qui sont plutôt la caractéristique des hommes qui sont vieux. Je compris que c'était parce qu'il l'était en effet, et que c'est avec des adolescents qui durent un assez grand nombre d'années que la vie fait ses vieillards. »

Marcel PROUST,
Le Temps retrouvé

Je suis sur le rebord de la fenêtre de ma chambre par temps de confinement et je parle – comme toute grand-mère responsable – par Skype à mon petit-fils pourtant pas très éloigné de moi géographiquement et que j'ai tant envie d'embrasser. Je le vois très à l'aise sur mon portable en train de me parler et puis, hop, tout d'un coup il disparaît : je vois à sa place une femme avec des lunettes. Elle cache ses cernes derrière ses lunettes. Je me dis cela. Elle garde ses lunettes pour ne pas les montrer. Puis je remarque une asymétrie sur le côté droit de la bouche. C'est alors que je touche le bas de mon visage comme pour en effacer les plis. À nouveau cette épreuve, de plus en plus cruelle, et qui se répète. Impossible de passer outre, de faire semblant. Chacune, chacun d'entre nous, arrivé à un certain âge, fait et fera de plus en plus ce genre d'expérience. Par définition on ne se voit pas vieillir. Ça nous arrive par accident, par fulgurance. Alors quand c'est soi qu'on voit là, en face de soi, cruel, on se dit : et comment je vais faire pour me trimbaler toute la journée dehors avec cette tête au milieu des autres, pour ne pas me faire remarquer avec cette tête si froissée ? De dos encore personne ne peut me suspecter. Je fais encore illusion. Mais de face ? Jusqu'à quand vais-je m'accepter ? Jusqu'à quand vais-je me « reconnaître » ?

Se voir vieillir ça fait encore plus mal que lorsque ce sont les autres qui vous en administrent la preuve. On est engagé au-delà de soi, même si on ne veut pas le savoir, dans ce temps dont nous disposions auparavant de manière illimitée et qui s'amenuise inexorablement et dont nous craignons de ne pas faire bon usage. Cela ne nous empêche pas de « perdre notre temps ». On joue toujours au plus malin, reportant sans cesse la possibilité de vivre le feu de chaque instant. On se vole à soi-même sa propre vie, sans se rendre compte de tout ce qu'on perd.

« Vous vivez comme si vous alliez toujours vivre, jamais votre vulnérabilité ne vous effleure l'esprit, vous ne remarquerez pas tout le temps qui s'est déjà écoulé ; vous le perdez comme si vous pouviez en disposer à volonté alors que ce jour même dont vous faites cadeau à une personne ou à une activité, est peut-être votre dernier jour à vivre. Toutes vos craintes sont des craintes de mortels mais tous vos désirs sont des désirs d'immortels. » Sénèque

On dit qu'on « avance » en âge. Nous préférons nous faire porter par le continuum de la vie en croyant toujours être soi dans le flux de ce temps dont nous pensons qu'il ne nous modifie pas intrinsèquement. Il faudrait être abruti pourtant pour ne pas savoir que l'illimité de nos existences – auquel on ne songeait jamais quand on avait vingt ans – on en a fait son deuil depuis longtemps sans pour autant se dire qu'on va mourir demain ou après-demain. On garde sa vitalité intacte. On est vivant. Au grand dam de certains on est encore vivants. La vieillesse ce n'est pas que de l'*avoir été* c'est de l'*être encore*, c'est du *devenir*. Intensément.

Il est tard ce soir. Ils viennent de descendre sur le quai du métro et sortent manifestement, comme moi, du théâtre tout proche. Elle est habillée d'une parka grise, d'un jean et porte des baskets. Lui est plus classique dans son apparence et « porte » son âge. Elle ouvre son portable. Il se penche. Ils s'embrassent. À eux deux ils ont, a minima, un siècle et demi. Ils sont beaux. Ils se regardent dans les yeux.

Ils rient. Peut-être d'exister dans cet amour-là. Quand le métro arrive ils se prennent par la main pour entrer dans la rame.

Je ne veux pas retrouver ma jeunesse. Surtout pas. Je ne suis pas dans la nostalgie du passé. Je ne me trouve pas si différente. Certes je suis un peu ralentie. J'attends que le feu soit rouge pour traverser, je ne trouve pas les clefs dans mon sac, j'oublie où je me suis garée la veille, je me trompe de jour pour des rendez-vous, je ne veux plus sortir tous les soirs, je ne m'assagis pas pour autant, je ne me sens pas diminuée dans ma joie de voir, en ce début de printemps confisqué à cause du confinement, de ma fenêtre les bourgeons sur les arbres dans ma rue et ce n'est pas parce que je vieillis que je ne participe pas pleinement à ce renouvellement. Pourtant chaque printemps est poignant : combien m'en reste-t-il à vivre ?

Fading est le mot qu'emploie Roland Barthes pour définir ce moment où l'être aimé se retire de tout contact sans agressivité. Il ne répond pas, il ne répondra plus même si celui qui aime veut l'ignorer. Hosting est le nouveau terme pour désigner celles et ceux qui pensent que, malgré leur âge, ils sont encore jeunes. Ils s'inventent des histoires où ils conservent leur peau lisse, leur corps sans tache, leurs lèvres charnues, leurs cheveux aussi beaux même en bataille, leur démarche toujours aussi élégante. Ils s'autopersuadent, aidés en cela par un marché publicitaire en pleine progression.

Ce petit moi bien dur que nous avons constitué au fil des années croyant nous protéger.

Commence-t-il à se dissoudre au gré du temps qui passe ? Et si on bifurquait vers d'autres pistes en abandonnant certaines habitudes, certaines certitudes ? Ce décrochage d'avec l'ante permet de créer de nouvelles possibilités dans le corps et dans la tête que nous n'aurions jamais pressenties ? Moins d'éparpillement, plus de concentration, approche d'un sentiment intime d'unité car le temps, justement, nous est compté. Comment rester sur le versant ouvert de la vie sans gaspiller ses forces ? Urgence de cueillir ce qui se cueille encore avec une avidité impérieuse.

« C'est seulement en vieillissant que l'on s'aperçoit que la beauté est rare, que l'on comprend le miracle que constitue l'épanouissement d'une fleur au milieu des ruines et des canons, la survie des œuvres littéraires au milieu des journaux et des cotes boursières. » Hermann Hesse, *Éloge de la vieillesse*

Se mettre en veilleuse de soi, n'est-ce pas cela commencer à accepter de vieillir ? Acérer l'investigation personnelle, exciter la curiosité, se donner plus aux autres que s'adonner à soi. Trouver de nouveaux rythmes, ouvrir de nouvelles cases, s'étonner soi-même, se moquer des injonctions puisqu'on n'a plus grand-chose à perdre, connaître sa chance de conserver ses possibles, juste là en ce moment, au lieu de se cantonner à la déploration de ce qui a été.

Ma fille cadette, Paloma, a décidé un jour que je ne devais plus l'accompagner jusqu'à la porte de l'école. Elle avait huit ans. Elle a eu du mal à m'en avouer les raisons : « Tu es trop vieille. Tu ne ressembles pas aux mères de mes copines. » Paloma est née l'année de mes quarante ans et donc oui j'étais une mère de quarante-huit ans, la seule de son espèce, une vieillarde au milieu de mères trentenaires. J'étais blessée mais j'ai compris. Je n'ai rien dit. J'ai accepté la mort dans l'âme de confier ma fille à des mères qui, elles, avaient le droit de voir leur enfant franchir la grille. Quelques semaines plus tard, un beau matin, Paloma me tire sans explication par la main au-delà de la frontière fatale et m'entraîne devant l'école où elle se fait voir et de ses copines et de leurs mères en me faisant des câlins. « Tu comprends, maman, même si tu parais plus vieille, les mères de certaines de mes copines le sont beaucoup plus que toi dans leur tête », me confiera-t-elle le lendemain. C'était mon jour de gloire.

Ma grand-mère, les jours de marché, quand on rentrait à l'appartement, s'asseyait toujours sur le même banc pour reprendre son souffle. Courbée sur elle-même, la tête baissée et les mains sur les oreilles, elle me disait comme pour s'excuser : « Tu verras quand tu auras mon âge. » L'âge était une fatalité que je comprenais comme une menace. Les vieux faisaient vieux. L'âge était un sort que le destin vous avait assigné, une certitude, un fait social total. On ne pouvait y échapper ni en réchapper. Mais les vieux possédaient des privilèges : ils avaient l'argent, le pouvoir. J'appartiens à une génération qui avait l'impression que les vieux lui barraient la route, l'empêchaient d'exister, ne lui laissaient pas de place et immobilisaient la société. On en crevait d'être jeune. Ce fut un levier important de Mai 68. Je me souviens d'un slogan rue Gay-Lussac qui est resté longtemps : « Il est interdit d'être vieux. » Ça nous plaisait beaucoup. « Cours, camarade, le vieux monde est derrière toi. » Et nous, nous avions l'impression d'être en avant, nous nous prenions pour les vigies de ce monde futur. Et les vieux étaient de trop. Même ceux que nous admirions comme Jean-Paul Sartre qui s'est fait bousculer quand il est venu à la Sorbonne parce que c'était un vieux monsieur. « Professeurs, vous êtes vieux. Votre culture aussi. » Notre jeunesse était une arme en soi, une différence positive et eux ils étaient de l'autre côté, définitivement. Ils ne comptaient plus. D'ailleurs on les appelait les croulants. Aujourd'hui c'est moi la super croulante et je ne peux qu'approuver les jeunes qui s'inquiètent de leur avenir, critiquant légitimement l'égoïsme des générations qui les précèdent, qui leur font de moins en moins confiance, leur donnant peu de responsabilités et leur laissant en héritage une planète abîmée qu'ils devront, eux, soigner pour continuer à vivre. Les milléniaux ont changé de monde et nous les baby-boomers nous tentons maladroitement de nous adapter au leur en apprenant les codes de cet univers immatériel dans lequel ils baignent depuis leur haute enfance. Et si la véritable faille, la béance différentielle, se situait dans cette différence de perception du monde commun ? Aujourd'hui, comme juste avant Mai 68, se répand à travers le monde une révolte contre les vieux. On en a assez des vieux. Leur mot de ralliement est OK boomer. Cause toujours, on ne t'écoute plus puisque tu es vieux. Tout est parti d'une jeune députée néo-zélandaise écolo qui n'arrivait pas en novembre 2019 à se faire écouter par un hémicycle constitué de personnes de plus de cinquante ans. Elle a sorti une ardoise et a écrit son OK boomer. L'expression a fait le tour des réseaux sociaux et est vite devenue virale. Des pancartes sont apparues dans les dernières manifestations pour la planète organisées par la génération Y, partout dans le monde. À nous, les plus vieux, les plus jeunes reprochent de ne pas avoir pris nos responsabilités d'adultes. N'ont-ils pas raison de stigmatiser notre irresponsabilité collective ?

Depuis les débuts de l'épidémie du coronavirus, le nombre d'années que vous avez est devenu un critère objectif de vulnérabilité. Nous sommes considérés scientifiquement comme des « personnes à risque ». Certains milléniaux ne s'y sont pas trompés qui, dès l'apparition du virus, ont lancé avec succès sur les réseaux sociaux une nouvelle manière de le baptiser : boomer remover, littéralement éliminateur de boomers. L'âge comme faiblesse, l'âge encore comme déficit. Déficit de barrières immunitaires, déficit de réactions comme si nous étions tous déjà atteints. Le jour où le président a fait sa première allocution à la télévision, il a annoncé que les personnes de plus de soixante-dix ans devaient rester chez elles – c'était une semaine avant le grand confinement – car elles étaient les plus fragiles. C'était justement le jour de mes soixante-dix ans. Je n'ai pas pu les fêter. Le lendemain mon employeur m'a signifié qu'en raison de mon âge je ne pouvais plus aller travailler. Du jour au lendemain. La nuit suivante j'ai rêvé que des policiers m'arrêtaient dans la rue, me demandaient mes papiers et me rouaient de coups parce que j'avais enfreint la règle. Ensuite notre rapport au temps s'est si vite et violemment transformé et notre vie quotidienne s'est trouvée si bousculée par cette tragédie que nous avons eu à cœur de protéger les autres en oubliant notre âge. Le nombre de morts nous a entraînés dans une spirale d'angoisse, de compassion, de vulnérabilité et de désir d'aider. L'âge est devenu un critère obsédant des discours des médecins et des scientifiques invités chaque jour dans les médias. Chaque soir on nous rappelait que nous étions les plus touchés – comment nier l'évidence que, dès qu'on approche d'un certain âge, on se rapproche de la mort ! –, que nous étions des personnes à risque et qu'il ne fallait surtout pas tomber malade pour ne pas encombrer les services de réanimation où nous étions les plus fragiles. Bref une forme de ségrégation s'abattait sur nous, nous, cette population soi-disant à part, jugée si inutile puisque déclarée improductive économiquement par certaines tutelles, que la possibilité d'un déconfinement a été sérieusement envisagée avant d'être – merci Brigitte Macron ? – finalement rejetée non sans avoir provoqué un beau tollé. De nombreuses pétitions ont circulé pour s'en indigner. L'une des plus émouvantes est celle de Serge Klarsfeld, adressée au président de la République, qui souligne qu'une partie importante des survivants de la guerre et de la Shoah vivent et meurent dans les EHPAD. Le coronavirus a augmenté leur taux de mortalité soit parce qu'ils ont été contaminés, soit indirectement parce que privés des visites de leurs proches, ils se laissent mourir. Klarsfeld souligne l'atteinte aux droits les plus élémentaires de la personne humaine. A-t-il été écouté ? Les conditions de visite – très contrôlées – ont été heureusement assouplies.

On dit le soir de la vie. Pourquoi ferait-il sombre ? Au contraire jamais la lumière n'a été si saisissante, voire aveuglante. Est-ce ma faute si j'ai toujours envie de nager au-delà des bouées jaunes, de marcher dans les sentiers de cette chaîne de montagnes étonnée de pouvoir continuer à le faire, même si, à la descente, les genoux sont douloureux. Le festin du présent avec la conscience aiguë de ce qui m'attend à plus ou moins brève échéance. Faim de savoir comment ça va tourner. Devenir soi ?

« Il faut parfois toute une existence pour parcourir le chemin qui mène de la peur et l'angoisse au consentement à soi-même. À l'adhésion à la vie. » Charles Juliet

D'autres que nous peuvent-ils comprendre ce que nous vivons ? Nous pouvons trouver les mots mais comment faire ressentir ce que nous traversons ? La vieillesse s'apprend-elle ?

La vieillesse serait-elle l'abandon des oripeaux sociaux, le patient et lent recentrement autour de ce qui nous importe vraiment, une sorte de dépouillement de tous les apparats pour arriver enfin à l'essentiel ? Non plus le ressassement de tout ce qu'on n'a pas su ou pu vivre mais l'apprentissage d'une sorte de confiance ? Quand j'étais jeune je me cognais à moi-même, je m'impatientais, je trouvais que rien n'allait assez vite, assez fort. Je vivais désaccordée. En dessous toujours. L'horloge de la vie a calmé voire ridiculisé ces attentes vaines et prétentieuses. Ce n'est pas pour autant que la férocité de l'âge qui vient ne me harcèle pas, imposant son tempo, ses soucis, ses angoisses mais j'ai jeté par-dessus bord toutes sortes d'illusions ravageuses qui encombraient mon existence et suis naturellement, plus prête à recevoir, voire à débusquer la beauté là où, pendant des décennies, je n'avais ressenti qu'une respectueuse indifférence. Foudroiement à la lecture d'un poème de Celan, larmes aux yeux pendant une danse d'Anne Teresa De Keersmaeker, mon corps dans ce corps collectif pendant la Neuvième de Mahler.

Comme d'habitude, je me trompe. Malgré le GPS, je tournoie dans les ronds-points et me perds. Pas grave. J'ai à mes côtés Thierry Thieû Niang que j'accompagne, depuis plus de deux ans maintenant, tous les trois mois, dans un service de gériatrie pilote de l'hôpital Charles-Foix à Ivry, le pavillon de l'Orbe. Chaque fois il est accueilli comme une rock star par les pensionnaires dont la moyenne d'âge est de plus de quatre-vingt-dix ans. Il faut dire que ce chorégraphe et danseur y fait un travail remarquable depuis trois années, immortalisé par le film de Valeria Bruni-Tedeschi et Yann Coridian *Une jeune fille de quatre-vingt-dix ans*. Sollicité au départ par le musée du Louvre qui avait proposé aux patients comme aux soignants de voir, de parler, de s'exprimer à partir d'œuvres d'art dans l'enceinte de l'hôpital, Thierry était venu une première fois danser au milieu de tableaux prêtés par le Louvre, dans le hall de l'unité gériatrique de l'hôpital. Le coup de foudre fut immédiat. Amina Lahlou, la directrice du pavillon, qui croit aux vertus thérapeutiques de l'art, et qui mène un combat audacieux depuis une décennie pour moderniser et adoucir le regard sur la vieillesse, en avait tout de suite saisi les enjeux et lui avait proposé de revenir. Elle a vite compris que Thierry, par sa douceur et sa grâce, réamorçait la possibilité pour des personnes âgées jugées médicalement grabataires et vivant prostrées dans des fauteuils roulants, de lever leur tête puis leur dos, puis leur corps tout entier, pour réapprendre à se lever et même être capables de danser. Amina fait partie de cette jeune génération de gériatres qui pense et met en pratique l'amélioration de la vie quotidienne des plus âgés qui, en raison justement de leur âge, se retrouvent hélas souvent coupés de la société et sont reclus dans des espaces confinés comme s'ils étaient assignés à survivre dans un monde éloigné du nôtre.

Ce matin-là, la splendeur de la lumière de l'automne entre par toutes les baies vitrées de l'établissement construit en cercle au rez-de-chaussée. Dès l'entrée, un piano posé au milieu du hall avec un tabouret où chacun peut venir s'asseoir pour jouer, des plantes vertes, des tableaux des résidents, de grandes banquettes vous donnent la sensation qu'on entre dans un lieu de vie et non, comme je l'ai si souvent éprouvé lors de mes visites d'EHPAD, y compris les plus chers de France, dans un lieu de relégation. Ici tout est ouvert, ici ça sent bon, ici chaque chambre donne sur le jardin. Ici sont accueillies des personnes dites de « grand âge » avec des pathologies diverses, envoyées par l'hôpital. Ici tout est pris en charge. Ici on ne paie pas pour qu'on s'occupe de vous. Est-ce une des raisons pour lesquelles les aides-soignantes, les infirmières, les personnels des salles nouent un rapport individuel avec chacun ? Lavantina vient nous accueillir. Collier rutilant autour du cou – le cadeau de ses collègues pour son anniversaire la semaine dernière –, blouse blanche et sourire désarmant, elle nous informe que tout va bien depuis notre dernière visite de l'été – sa manière à elle de nous signifier qu'il n'y a pas eu de décès. Ici les résidents, venus de l'hôpital public par décision médicale, peuvent choisir de rester dans leur chambre ou de vivre dans les espaces communs. La plupart sont autour de tables dans des chaises roulantes, le plus souvent repliés sur eux-mêmes, la tête baissée ou le regard fixant l'horizon. Même s'ils ne se parlent pas, la plupart du temps ils communiquent autrement et se regroupent par affinités : ici le coin des femmes vietnamiennes, ici les messieurs chic, ici les couples dont un ne se lâche ni des yeux ni des mains. Thierry s'approche d'un groupe. Il a enlevé son blouson, n'a rien dans les poches et pourtant il m'apparaît comme celui qui, durant plus de deux heures, va offrir, tel un magicien, d'innombrables cadeaux. Il tend une main, s'approche de Léonie, celle-ci relève la tête, esquisse un frêle sourire, lui tend une de ses mains. Sa voisine, qui ne veut pas être en reste, offre elle aussi ses mains. Une sorte de jalousie provoquée par la présence de Thierry s'installe qui allume les regards des vieilles dames et de quelques hommes. Thierry salue chacune, chacun par son prénom et s'enquiert de leur santé – il fait les questions et les réponses car ces personnes ont perdu l'usage de la parole depuis longtemps. Il prend le temps qu'il faut pour littéralement « éveiller » chaque individualité. Les réponses se font par hochement de la tête mais, petit à petit, des bribes de parole émergent qu'il interprète : son corps se met à danser, il s'étire et dessine un espace autour duquel d'autres résidents s'agrègent. Une femme, recroquevillée sur sa chaise roulante, qui émettait depuis notre arrivée des petits cris où revenait de manière lancinante la phrase « ça va, ça va pas », tente de s'extirper pour se lever. Il va vers elle, lui touche une épaule, puis l'autre, la campe sur ses deux pieds, lui fait éprouver qu'elle tient seule debout, la lâche une poignée de secondes puis, en la regardant droit dans les yeux, déploie ses bras vers elle comme s'il allait l'enlacer. Ce qu'il finit par faire, à la grande joie de toute l'assemblée – aides-soignants, infirmières, personnels de salle, tous réunis dans et grâce à cette bulle de vie qu'il a su créer. Vient ensuite le temps de la parole. Les corps s'étant dénoués, plusieurs personnes veulent lui dire des choses, certaines insistent en disant qu'il s'agit de secrets. Thierry écoute, le plus souvent agenouillé devant chacun, les tenant souvent par les mains, il décrypte, fait répéter, tente de comprendre, énonce ce qu'il a compris, attend un signe d'acquiescement et passe à une autre personne. Des tasses de café circulent, l'odeur se mêle aux effluves odorants de la cuisine où se prépare le déjeuner. Thierry fait ensuite la tournée de ses « copines », celles qui, trop fatiguées, sont restées dans leur chambre, alitées. Même si elles dorment, en s'approchant de chacune d'elles, tel un prince charmant, il les éveille et, le plus souvent, un dialogue silencieux se noue. Je reste à l'entrebâillure de la porte, la gorge serrée. Dur, dur, de partir.

Le train est arrivé à l'heure. Le taxi était là. Je suis arrivée avec le cœur qui bat la chamade dans la salle à manger à temps pour prendre le café. Ma mère m'a souri. Mon père m'a prise dans ses bras. Il m'a demandé des nouvelles de la famille, s'est excusé d'être fatigué et a demandé à une aide-soignante de l'accompagner jusqu'à sa chambre. Depuis qu'il a décidé – contre l'avis de ses enfants et de sa femme – d'entrer dans un EHPAD le sommeil prend une grande importance dans son existence. Il s'est – oui – volontairement ensommeillé. Il ne le nie pas. Je le savais. C'est la mort dans l'âme que je l'ai accompagné en ambulance dans l'établissement qu'il avait choisi après une enquête minutieuse. À trois reprises il m'avait fait le coup d'y partir. Ma sœur et moi nous l'avons supplié. Ma mère – c'était une affaire entendue depuis longtemps – avait décidé qu'elle ne bougerait pas. J'ai fait les valises, défait les valises et puis ce matin de septembre il a quitté sa femme, sa chambre, son bureau. Il a tout laissé. Malgré mon insistance il n'a pas voulu prendre son ordinateur ni son édition de la *Recherche du temps perdu* qu'il relit chaque matin et chaque soir depuis trente ans. Il avait pris soin de résilier ses abonnements sauf celui à *La Montagne*. Il est parti sans rien. Tout juste, à son insu, avais-je fourré un portrait de ma mère peint par un de leurs amis datant des années 1960 et une photo de famille avec ses arrière-petits-enfants.

Il était plutôt guilleret l'après-midi de son arrivée. D'ailleurs c'était gai. Il avait été accueilli par la directrice comme s'il allait faire partie d'une nouvelle famille et les infirmières – devenues des amies au fil du temps – qui s'occupaient de lui à domicile étaient venues lui rendre visite avec leurs enfants. Ça criait, ça gambadait dans cette chambre médicalisée transformée en terrain de jeux. À un moment mon père a interrompu cette petite fête. Il voulait être seul. On est tous partis. Dans la nuit il est tombé. Il s'est cassé les os de la main droite. Il ne peut plus marcher seul, il ne lit plus, il regarde un peu la télévision. Il attend. Il dit qu'il attend de mourir au chaud en toute tranquillité. Ça ne vient pas assez vite à son goût. « Tu comprends mon père quand il s'est senti mal, il est allé faire une dernière promenade à travers champs, il est allé voir ses vaches, il est rentré à la maison, il s'est couché. Dans la nuit c'était fini. Là ils te retapent, ils s'occupent de toi pour que tu restes entier mais bon ça ne suffit pas c'est interminable et la tête, elle, continue à fonctionner. C'est moderne paraît-il de terminer sa vie ainsi. Alors être moderne ce n'est pas drôle, crois-moi mais bon je ne me plains pas. Non, non il faut être patient. » La plupart des résidents repartent vers leurs chambres en cohorte. Les chaises roulantes font un embouteillage devant l'ascenseur. Derrière la baie vitrée des rosiers nus qui luttent contre le vent ; je les montre à ma mère qui sourit en hochant la tête. Je lui propose de reprendre un café. Sur le mur en face de nous des dessins de forêts en hiver. La sensation de froid s'intensifie. La main de ma mère dans la mienne. Une dame qui a perdu la boule chantonne au loin des ritournelles de son enfance. Ma mère rigole. Ma mère ne sait pas où elle est. Elle me le demande souvent. J'ai beau lui dire et redire que, trois jours après, elle m'avait demandé de rejoindre mon père – « tu comprends, m'avait-elle dit, c'est mon homme, c'est l'homme de toute une vie » – elle ne s'en souvient pas. Elle dit que c'est la mort ici, elle dit qu'elle veut sortir mais dès que je lui dis que c'est possible elle se ravise et veut remettre à plus tard. Si je suis loin d'elle géographiquement elle m'intime l'ordre de venir la chercher tout de suite. Si je suis auprès d'elle elle regarde sa montre pour m'intimer l'ordre de repartir tant elle craint que je rate le train. Dehors dedans c'est le grand chamboulement. Près d'elle, loin d'elle c'est la même douleur. Elle est dans son monde, je suis dans le monde persuadée qu'il est encore un peu le sien.

« Celui qui est incapable de se perdre jamais est aussi bien celui qui est à jamais perdu : aux deux, c'est-à-dire au même, il manquera toujours la possibilité de s'engager sur une route. » Clément Rosset

Les vieux, il faut les laisser ensemble et attendre. Attendre quoi ? La mort et non l'espérance d'une vie qui peut comporter bien des plaisirs. Mais pour cela il faut changer de regard et plaider pour un vivre ensemble complètement différent des modèles qui nous sont soi-disant proposés mais qui nous sont, de facto, imposés. Il faut se battre contre l'âgisme et en faire une cause essentielle de notre civilisation. Car il s'agit bien d'une cause : humaine, humaniste, sociétale, politique. Les tutelles politiques lancent de temps en temps des journées nationales ou demandent des rapports… et remettent à plus tard les décisions qui s'imposent. En cette ère d'obsession de la performance, venir en aide à des personnes âgées que la société considère comme « inutiles » se fait ressentir matériellement – salaires de misère –, psychiquement et mentalement pour celles – 97 % sont des femmes – qui sont appelées aides à domicile ou auxiliaires de vie. Pourquoi des métiers si utiles socialement sont-ils aussi déconsidérés ? Considérées au mieux comme des aides ménagères, elles ont bien du mal à faire respecter leur mission : accompagner, responsabiliser, rendre confiance et autonomie à des personnes qu'elles considèrent avec respect et bienveillance. Elles sont là pour faire faire et non pour faire le plus vite possible, À LA PLACE DE. Les EHPAD ne sont pas des « garderies ». Ainsi, en infantilisant les personnes âgées sous prétexte de leur assurer un maximum de sécurité, on leur conteste un accès plein et entier à leur citoyenneté. Les vieux seraient-ils les citoyens oubliés de la République ? Le nombre de plaintes adressées au défenseur des droits sur l'âge comme discrimination semble attester à la fois d'une situation alarmante dans certains lieux où, hélas, se produisent des cas de maltraitance et, en même temps, d'une prise de conscience des familles ou des personnes âgées elles-mêmes, pour faire valoir leurs droits les plus élémentaires. Jacques Toubon souligne que le plan de dépendance, avant la pandémie, était sans cesse remis aux calendes grecques. Emmanuel Macron a dit qu'il en ferait l'année prochaine, de nouveau, un dossier prioritaire. L'âge demeure tant pour les compagnies d'assurance que pour les banques un critère de discrimination inacceptable au regard du droit. Toubon rêve d'une société où il n'y aurait plus d'âge limite et observe que les mineurs bénéficient actuellement de plus de droits que les personnes âgées. Il pense qu'il faudrait en quelque sorte « neutraliser » la question de l'âge dans toutes les situations, que ce soit sur le marché de l'emploi ou dans la vie personnelle, tout en donnant aux personnes fragilisées en raison de leurs années de travail le droit de vivre : être soigné, être respecté, être protégé dans son intégrité. Ce n'est malheureusement pas tout le temps le cas tant le manque de moyens est aujourd'hui criant. Nous sommes passés d'un système mandataire à un système prestataire à bas bruit, petit à petit, mais la dégradation, le déclassement de toute une partie de la population ne cesse d'augmenter sans provoquer, pour le moment, de scandale durable. On viole donc sciemment les droits les plus élémentaires dans certaines institutions pour faire des économies. Ceux à qui on rend des comptes dans certains EHPAD, ce sont les actionnaires et pas les retraités. Il sera pourtant impossible de continuer longtemps l'omerta et de mener la politique de l'autruche dans un pays qui voit augmenter de manière extraordinaire sa vitesse de vieillissement ; les problèmes sont d'ordre éthique et aussi démographique : dans les dernières années le nombre de personnes âgées a augmenté de 60 % et nous sommes plus de treize millions à avoir plus de soixante-cinq ans. Pourquoi sommes-nous si nombreux et si dociles ? En mai 2018 le comité consultatif national d'éthique dénonçait la « ghettoïsation » des vieux et soulignait les conditions indignes dans lesquelles on les laissait en les concentrant dans les EHPAD, créant une situation indigne qui crée… de l'indignité. « Cette exclusion de la société, ayant probablement trait à une dénégation collective de ce que peuvent être la vieillesse, la fin de la vie et la mort, pose de véritables problèmes éthiques, notamment en termes de respect de la personne », conclut le comité. Comment ne pas penser à ce qu'écrivait il y a cinquante ans Simone de Beauvoir dans *La Vieillesse* : « Le sens de notre vie est en question dans l'avenir qui nous attend ; nous ne savons pas qui nous sommes, si nous ignorons qui nous serons : ce vieil homme, cette vieille femme, reconnaissons-nous en eux. Il le faut si nous voulons assumer dans sa totalité notre condition humaine. Du coup, nous n'accepterons plus avec indifférence le malheur du dernier âge, nous nous sentirons concernés : nous le sommes. » Certes ce n'était pas mieux avant : heureusement est révolu le temps des grands hospices qui ont existé jusque dans les années 1980, où les pensionnaires étaient entassés dans des dortoirs collectifs sans hygiène et sans soins, avec des lits percés pour les grabataires, dans des mouroirs réservés aux plus démunis. Les personnes qui avaient dépassé un certain âge et qui étaient sans revenus étaient alors considérées comme des non-sujets. Pendant longtemps vieillesse et pauvreté ont été associées. En France, les vieux étaient désignés sous le vocable d'« économiquement faibles ». Encore en 1970, plus de la moitié des pensionnés touchait une pension qui était inférieure à 75 % du salaire minimum de l'époque. Aujourd'hui la vieillesse est devenue un marché et les personnes âgées n'ont jamais connu un niveau de vie aussi élevé. Les revenus des personnes âgées ont augmenté plus rapidement que celui des personnes jeunes depuis cinq décennies. La prise en charge de la vieillesse bénéficie du progrès de la médecine qui permet à de plus en plus de personnes de vivre plus longtemps sans pour autant avoir humainement et politiquement pensé ce nouveau fait de société. Pour les plus riches tout va bien ou presque... Car la maladie de la vieillesse est si bien inscrite dans nos subconscients qu'elle dégrade tout le monde y compris celles et ceux qui paient des fortunes pour qu'on daigne s'occuper d'eux. N'être considéré que comme un corps inutile, un esprit défaillant, une bouche à nourrir est un symptôme grave d'une société malade du culte qu'elle accorde à l'efficience, au paraître, à l'intensité du présent, à la force de la jeunesse. Celles et ceux qui ne peuvent prendre ce train qui roule de plus en plus à grande vitesse sont « rangés » dans des maisons spécialisées où ils entrent avec le projet, souvent pas assez vite réalisé à leurs yeux, de mourir. Il y a encore quarante ans, en ville, nos grands-parents, s'ils vivaient vieux – l'espérance de vie moyenne était de soixante-dix ans –, étaient accueillis chez nos parents et la parentèle de nos parents jusqu'à leur disparition. Dans les campagnes aussi les fils – moyennant souvent le don des avoirs de leurs parents – faisaient une place à leurs ascendants jusqu'à ce que mort s'ensuive. La vie n'était pas forcément gaie, quelquefois des maltraitances pouvaient exister au sein de cette intimité familiale, mais nos plus âgés faisaient partie du cycle des générations et bénéficiaient d'un statut, d'une place, d'une reconnaissance à l'intérieur d'une tribu familiale. Aujourd'hui ils sont, de par la discrimination de l'âge, par essence, disqualifiés. Les appartements sont devenus trop petits, les mentalités ont évolué. Personne n'est responsable ni coupable. L'idée de tout faire pour permettre à ses parents d'avoir la meilleure des « fins de vie » perdure et celles et ceux qu'on appelle les « aidants » se comptent par millions. Ils sacrifient leur temps, leur énergie, leurs économies pour porter secours à leurs parents. Le nom même donné à ces établissements est indicatif de la manière dont la société les déconsidère a priori : EHPAD, Établissement d'hébergement pour personnes âgées dépendantes. Pourquoi vieillesse et dépendance seraient-elles indissolublement liées ?

En France nous vivons dans une société irriguée par beaucoup de bienveillance, par des sentiments humanistes, tissée par des liens très anciens de considération pour les autres et bien sûr pour nos proches. En France, la plupart des familles s'occupent des membres de leur famille les plus âgés de manière remarquable et, bien souvent, cassent leur tirelire pour eux. En France, actuellement, 80 % des personnes vivant en EHPAD doivent faire appel à leurs proches pour régler un reste à charge de 1 600 euros en moyenne. En France, dans les établissements destinés aux personnes âgées, travaillent quasi majoritairement des femmes – et parmi elles des jeunes femmes qui accomplissent quotidiennement, pour des salaires de misère, un travail remarquable, difficile, requérant des qualités professionnelles, physiques mais aussi et surtout humaines. Je veux parler des aides-soignantes mais aussi, à domicile, de celles qu'on nomme auxiliaires de vie, et je veux leur rendre un hommage vibrant. Malgré des tâches harassantes, des horaires difficiles, elles assurent, par la qualité de leurs soins mais aussi par leurs gestes si empreints d'humanité – cela peut consister à prendre par les mains, à parler à l'oreille, à toucher une épaule, à déplacer en douceur une personne, à l'habiller, la laver, lui sourire, la regarder dans les yeux et, ce faisant, à la relier à la communauté des hommes. Encore faut-il avoir le temps de le faire, encore faut-il être considérée dans l'établissement, encore faut-il avoir bénéficié d'un apprentissage assez long. Prendre soin de l'Autre n'est pas une offrande ou un don comme tend à nous le faire penser une certaine doxa hélas française, sans doute encore imprégnée de catholicisme, mais bien un métier avec ses règles, ses manières de se comporter, de parler. Certes, on s'était ému du nombre des victimes de la canicule en 2003 et de l'âge des victimes : dix-neuf mille personnes moururent en France à cause de la chaleur et c'étaient nos aînés. Le silence fut assourdissant les premières semaines. On parlait plus des porcs et des poulets qui souffraient en élevage que des personnes âgées qui mouraient chez elles, dans les hôpitaux ou dans les maisons de retraite. Solitude des personnes âgées, éloignement des proches pendant l'été, perte du lien social dans les villes, le problème n'était pas seulement individuel mais aussi sanitaire, politique et éthique. Il constituait aussi le signe de l'indifférence et/ou de l'impuissance des services publics à s'occuper des plus fragiles et des plus isolés, ainsi qu'une sorte de résignation, certes coupable, de nous tous à se dire qu'il valait mieux sauver de jeunes vies. Cette manière de mettre la poussière sous le tapis et de ne pas évoquer frontalement la situation politiquement, collectivement et individuellement, a de nouveau pris le dessus. Circulez il n'y a rien à voir. Motus et bouche cousue. Et puis quoi de plus ennuyeux qu'une de vos copines qui vous raconte ses visites à la maison de retraite ? Vous avez tendance à changer de sujet. Comme dit Régis Debray dans son *Plan vermeil* : « On adore Victor Hugo, Albert Einstein ou sœur Emmanuelle, pour mieux pouvoir, palinodies faites, priver de soupe pépé et l'attacher à son lit. » Oui, je sais que ce n'est pas ce qui se passe quotidiennement dans les sept mille EHPAD de France où « vivent » plus de sept cent mille personnes, où travaillent trois cent cinquante mille professionnels de santé dans un secteur contrôlé avec des budgets de l'État de plus en plus contraints. Si je peux comprendre la colère de certains de ces soignants qui font admirablement leur travail, se révoltant contre l'EHPAD-bashing systématique, je ne peux que constater le silence de l'État devant ce manque cruel de moyens, sa demande persistante de diminuer les ratio de personnel dans 15 % des EHPAD, les grèves de plus en plus fréquentes dans les établissements, l'absence cruelle d'une secrétaire d'État aux personnes âgées pour porter au plus haut niveau interministériel cette cause nationale. Ce que je peux dire par contre c'est ce qui se passe toutes les nuits dans des établissements soi-disant chic, très chers : on engueule des résidents quand ils appuient sur la sonnette. Ce que je sais c'est qu'on ne prend pas toujours le temps de prendre soin des personnes même si techniquement on les lave, on les nourrit, on les met dans le fauteuil, on les couche. J'ai entendu aussi la manière dont on parle aux résidents en utilisant cette novlangue qui les exclut de leur libre arbitre – « on va se lever », « on va aller à la salle à manger » : qui est ce *on* ? ou « la petite dame a bien dormi ? » – ou la manière dont certains soignants parlent entre eux de leurs cas les plus « difficiles ». Ce que j'ai appris, c'est que, d'un côté, les mensualités deviennent de plus en plus inabordables – surtout dans les établissements privés, un vrai scandale – et que, de l'autre, de grands groupes s'enrichissent chaque année dans ce business vanté par des publicités qui vous encouragent à investir. Chaque année, grâce à des économies faites sur chaque poste pour dégager un maximum de rentabilité, le chiffre d'affaires de ces grands groupes s'accroît et les bénéfices se calculent en centaines de millions d'euros. La recherche d'un investissement sans risque et rentable n'est plus utopique : les maisons de retraite sont et seront de plus en plus des mines d'or pour les investisseurs. Ce que m'ont confié de nombreux enfants visiteurs réguliers des EHPAD, c'est que leur propre parent avait englouti toutes ses économies pour payer son entrée dans l'établissement – bien souvent il y a des listes d'attente – mais qu'au cas où il n'aurait pas la bonne fortune de mourir rapidement, les enfants sont contraints de vendre les biens qu'ils destinaient à leurs propres enfants pour payer la mensualité. Ce que je constate, c'est que le fonctionnement actuel de l'EHPAD ne permet ni la transparence de son fonctionnement ni la possibilité aux familles d'être entendues. Quand elles le demandent les directions leur opposent un langage technocratique de gestion quand les questions portent sur l'accompagnement et la qualité des soins. On a beau faire pour ses propres parents ce qu'on pensait être le mieux, on a beau les accompagner dans une démarche qui leur est volontaire ou dictée par l'hôpital, on se retrouve – en tout cas moi – toujours un peu honteuse de n'avoir pas su, pas pu recevoir ses propres parents chez soi. L'idée de les avoir abandonnés et de ne pas les sentir accueillis, même s'ils sont protégés, perdure dans mon esprit. Un chagrin si fort m'étreint qu'il est préférable de faire silence sur cet aspect si intime de sa vie ? Je ne dois pas être la seule.

Elle s'appelle Mishka. Un beau jour elle comprend qu'elle ne peut plus rester toute seule dans son appartement. Alors elle fait une demande pour entrer dans un établissement où on met les gens comme elle. Elle va devoir perdre son rythme de vie, son cadre de vie, ses habitudes. Elle a tout vendu pour pouvoir payer cette folle vie : déjeuner à midi, goûter à 16 heures, dîner à 18h30. Heureusement son amie Marie vient lui rendre visite et elle s'est liée d'amitié avec l'orthophoniste qui tente de faire barrage à la perte du langage ; mais tout s'en va en Mishka. Ça fuit de partout, surtout depuis qu'elle est à l'EHPAD. « Des petits pas, des petits sommes, des petits goûters, des petites sorties, des petites visites. Une vie amoindrie, rétrécie mais parfaitement réglée », écrit Delphine de Vigan, qui restitue la lente descente de cette dame qui, à partir du moment où elle entre dans ce territoire où personne n'attend rien d'elle si ce n'est sa mort, va se laisser consumer à petit feu et perdre sa joie de vivre puis son énergie. Elle qui a tout vendu pour payer les mensualités de l'EHPAD va progressivement passer son temps à… attendre et même. Attendre quoi ? La mort, bien sûr, et le mieux, pour elle, serait de mourir dans son sommeil. Dans *Les Gratitudes* l'auteure décrit admirablement ce qu'elle nomme le point de bascule, ce moment où l'être lâche et abandonne la partie. Ne subsiste que le simple automatisme de durer, de continuer à vivre. On ralentit progressivement jusqu'à disparaître du monde.

Ma mère, un dimanche après-midi à l'EHPAD. Assise sur le canapé orange de l'entrée, voyant passer trois résidentes se rendant dans la salle « d'animation » où est annoncée la diffusion d'un documentaire animalier : « Pourquoi ils sont tous si vieux dans cet endroit ? Ce n'est pas drôle de vieillir, mais quand même, on n'a pas mérité ça. » Une semaine plus tard, quand je reviens la voir et que nous prenons le café à la même heure sur le même canapé, voyant passer devant elle les mêmes résidentes, elle me dit soucieuse : « Tu vois, je ne comprends pas, je ne les ai pas invitées, que font-elles ici ? » Je lui propose d'aller dans sa chambre en ajoutant maladroitement que là-bas c'est vraiment chez elle. Elle me répond en souriant : « Ici, c'est partout chez moi. »

Depuis quelle rive me regarde-t-elle, moi sa plus vieille fille, moi qui continue à faire des projets d'avenir, elle qui me dit ne plus vivre totalement dans le présent : « La vieillesse ça fait plein de nœuds dans la tête, tu verras quand ça t'arrivera. » Ma mère vit dans sa tête. Il se passe beaucoup de choses dans sa tête. Le seul « extérieur » qu'elle tolère, voire qu'elle recherche, c'est la musique, la musique à la radio.

La lumière est trop forte, la chaleur trop lourde, le ciel trop bleu tard dans la soirée. Elle attend le moment où le contour des choses s'estompe et où le flou de l'extérieur du monde correspond au sien. L'été surtout, aux heures les plus chaudes, assise sur son fauteuil, elle ferme les yeux tout en ne dormant pas. Du plus loin que je me souvienne elle a toujours recherché l'ombre même sur les plages d'Afrique désertes. Aujourd'hui dans quelle obscurité cherche-t-elle à s'abriter ? Où est-elle ? Que pense-t-elle ? Je n'ose le lui demander.

Un jour m'abandonnerai-je à ma propre vieillesse ? Je ne l'espère pas. L'exemple de Jeanne

Calment nous enseigne que vieillir est une joie, une intensité, à condition de ne pas se plaindre et de garder son humour… Le jour de sa disparition – à l'âge de 122 ans – a été vécu comme un deuil national. Nous étions tous émus. Jeanne Calment était l'incarnation même du temps, écrit Annie Ernaux dans *La Vie extérieure*, de ce temps que nous n'avons pas vécu. Mais ai-je envie de mourir à l'âge de Jeanne Calment ? Sûrement pas, et pourtant, il ne faut pas en exclure l'hypothèse ; alors que l'âge limite était de cent quinze ans il y a vingt ans, des chercheurs comme Roy Lee Walford, décédé en 2004, n'hésitaient pas à prédire une durée de vie approchant cent cinquante ans, moyennant quelques restrictions caloriques ! Aujourd'hui les spécialistes de la longévité, comme Michel Allard, dont les travaux sur Jeanne Calment et sur la vieillesse sont reconnus dans le monde entier, se montrent moins optimistes : l'espérance de vie qui n'avait cessé de s'accroître en France depuis plusieurs décennies a tendance à stagner voire à légèrement régresser. La faute à la pollution ? à la malbouffe ? au manque d'activités, qui ne sont plus proposées aux seniors ? Pour Jean-Marie Robine, les causes peuvent être multiples : aucun nouvel antibiotique n'a été inventé depuis vingt ans, la médecine a fait des progrès considérables mais ne peut guère aller plus loin si les personnes n'ont pas les mêmes règles de vie qu'il y a quarante ans, du temps où on vivait plus « sainement ». Les gains d'espérance de vie se sont faits lors des âges les plus avancés mais ce qui compte c'est l'espérance de vie en bonne santé, sans incapacités. Vieillir pour vieillir ? Les spécialistes de l'âge ne le souhaitent pas. Nous sommes encore et toujours d'accord avec Cicéron, selon qui « il n'y a point d'ancien qui n'oublie où il a caché son trésor ». Vieillir, oui, pas à tout prix. Il n'empêche : en 2070 il y aura 270 000 centenaires en France et une petite fille qui naît aujourd'hui a toutes les chances de devenir centenaire. Cela va-t-il changer le sens, voire la définition de ce que veut dire vivre ?

« Vieillir vous fait subir cette altération interne qui cependant vous laisse vous-même, ayant à être le même comme de part et d'autre d'une cloison interne, cartilagineuse, en voie d'opacification. À être le même quand même. » Pierre Pachet

On entend souvent dans les familles parlant des anciens : il ou elle n'est plus le même. Le même que qui ? Le même qu'avant ? Comme si nous projetions dans notre présent l'image d'un passé forcément glorieux pour nous rassurer. Comme si le temps ne tombait pas sur nous comme la neige, silencieusement, nous modifiant imperceptiblement.

Autrefois en Chine on faisait dormir les enfants près des grands-parents pour que ceux-ci vivent plus longtemps. Aujourd'hui on trouverait répugnant qu'un petit dorme dans le lit d'un ascendant.

En espagnol on ne dit pas les retraités, on dit les *jubilados*, les jubilants, ceux qui sont entrés dans une jubilance de la vie.

Dans les loisirs aussi on remarque cette ségrégation entre vieux et non-vieux. Pour les vieux les vacances APRÈS les non-vieux. Sont particulièrement vantés dans les catalogues sur Internet les mois d'avril et mai et de septembre et octobre. Tout est plus doux, disent-ils, la température et l'addition. Aux non-vieux, toujours productifs, le temps et l'espace de leur choix, aux vieux le résiduel, ce qui reste et doit être à tout prix rentabilisé. Sous le masque protecteur du rituel ultrasocialisé et aujourd'hui quasi ritualisé nommé séjours troisième, quatrième âge ou plus pudiquement seniors, il s'agit de dissimuler, de ne pas mélanger, donc, encore une fois de discriminer. Aux vieux, pourquoi est-il toujours proposé les mortes-saisons ?

Le mot même d'âgisme est entré dans les dictionnaires en 1969. Comme le racisme il décrit un phénomène de ségrégation et d'exclusion fondé sur l'unique critère de l'âge et le définit comme un concept comprenant aussi l'assignation de rôles sociaux à des individus sur la seule base de leur âge. Il ne cesse de s'infiltrer dans nos mentalités, de se métamorphoser, de se banaliser. Il attaque de plein fouet le fonctionnement de notre société. Robert Butler en 1978 a eu raison de le caractériser comme « un profond désordre psychosocial caractérisé par des préjugés institutionnalisés, des stéréotypes, et l'établissement d'une distance et/ou d'un évitement vis-à-vis des seniors ». Que les centres d'une gérontologie normalisée, aseptisée, généralisée se multiplient ne change rien au phénomène ségrégatif qui les engendre. Bien au contraire cela entraîne de plus en plus la déresponsabilisation des « vieux » qu'on incite à se faire « prendre en charge ». Qu'ils en aient besoin ou pas, tant ils sont considérés comme des mineurs sans droits et/ou des sources de bénéfices souvent considérables.

Allons-nous accepter, nous les baby-boomers, de devenir d'obéissants papy-boomers considérés comme des sources de profit maximal moyennant des prestations décevantes non remboursées par la Sécurité sociale, et pour cause, puisque le risque vieillesse ou le risque dépendance n'existe pas. Il est encore temps de refuser cette vision négative de l'âge basée sur une méconnaissance de la réalité – 84 % des personnes âgées vivent à domicile et se disent heureuses – et sur cette notion de dépendance utilisée actuellement comme un outil de mesure économique mettant uniquement l'accent sur les difficultés rencontrées par les personnes âgées, ce qui renforce l'opinion publique que nos vieux sont tous délabrés, gagas, bons à rien. Pourquoi ne pas plutôt mettre l'accent sur la préservation de l'autonomie et développer des filières d'apprentissage à ces nouveaux métiers d'accompagnants ? Pourquoi ne pas imaginer des structures de vie plus petites, à taille humaine, inscrites dans le tissu des quartiers comme cela existe en Suisse ou en Suède ou encore en Hollande ? Pourquoi ne pas mélanger les âges au lieu de continuer cette politique de ségrégation ? Les crèches jouxtant les maisons de retraite sont nombreuses en Europe, rares encore hélas sur notre territoire, et la cohabitation donne d'excellents résultats.

Nombreuses sont les pistes de réflexion où l'humanité remplacerait l'accompagnement à la soi-disant déficience, où la perte de la maîtrise ne serait pas évaluée comme une perte de dignité, où la vulnérabilité ne serait pas prise en compte comme un amoindrissement ; en ces temps de réveil de l'intolérance, pensons à la loi morale en chacun d'entre nous qui, seule, peut fonder la reconnaissance de notre dignité à tous.

La déstructuration de notre tissu symbolique ne nous permet plus de vieillir naturellement. L'injonction de ne plus vieillir devient un slogan répété à l'envi dans les journaux, la publicité, la télévision. Alors, oui, vieillir, pourquoi pas, mais À CONDITION de ne pas paraître vieux.

La peur de la finitude constitue l'une des raisons majeures de notre incapacité à affronter la vieillesse, la nôtre, et celle des autres. Autrefois la population masculine était divisée en « classes d'âge ». Il y avait ceux qui étaient « EN ÂGE » de partir au front en cas de guerre et ceux qui restaient car trop vieux. Aujourd'hui le mot même d'âge est devenu un mot fourre-tout qui désigne plus une apparence sociale qu'un statut ou une fonction. Mais quel âge a-t-elle donc ? Mais vous vous rendez compte, il n'a plus l'âge de… Elle ne fait pas son âge, qu'a-t-elle donc fabriqué…

J'arrête là la litanie, sans oublier Ah pour son âge, elle ou il n'est pas trop mal…

Vous nagez encore ? demande un monsieur d'un âge certain à une dame d'un certain âge, tous deux assis à l'ombre dans le jardin public dans le coin des joueurs d'échecs. La dame explique qu'autrefois elle partait pour Chypre à la fin de l'été nager des heures en direction de l'horizon, maintenant elle se contente avec ses copines de faire, quand elle en a le courage, de l'aquagym. Donc, vous nagez encore, répond le monsieur qui ne sait pas et ne veut pas savoir ce que veut dire aquagym, alors vous ne vieillirez jamais. La dame rougit.

Eric Clapton : « Ma fin de vie me passionne. Je ne me sens pas vieux sauf quand je me regarde dans la glace. » Sait-il que, selon une étude de *The Economist*, soixante-dix ans est l'âge de la vie où l'on se sentirait le plus heureux ?

Est-ce un hasard si, après les récents cimetières situés en dehors du cœur des villes, les nouveaux EHPAD sont, eux aussi, pour la plupart, loin du cœur de la cité ?

Nous n'avons plus les mêmes droits à partir d'un certain âge ou d'un âge certain ? Arrivons-nous vraiment à comprendre ce qui nous arrive lorsque nous prenons de l'âge ? Simone de Beauvoir, dans *L'Âge de discrétion*, raconte comment, pendant longtemps, elle voyait dans l'espace public les personnes de plus de soixante-dix ans comme des vieillards à qui elle ne prêtait guère d'attention. Alors qu'elle vient d'avoir soixante-dix ans elle note : « J'approche de cet âge et ne me considère pas encore dans la catégorie des “vraiment vieux”. » Prétention ? Outrecuidance ? Illusion ? Annie Ernaux éprouva le même genre de sensation après la mort de sa mère. Benoîte Groult, dans *La Touche étoile*, nous conte avec malice comment après avoir eu la sensation, éphémère quelquefois, d'être « une vieille peau », elle a dû se résoudre un jour à être vieille tout le temps.

Pourquoi les gens riches mouraient-ils plus âgés ? Louis XIV est mort à soixante-seize ans, alors que la durée de vie moyenne était de vingt-cinq ans. Pourquoi les papes étaient-ils nommés âgés et mouraient-ils très âgés ? Sur les douze pontifes qui se succédèrent après le concile, trois furent élus à soixante ans, deux à soixante-quatre, quatre à soixante-dix, un à soixante-dix-sept ans. C'est au XVIIIe siècle, en Europe, que l'espérance de vie commença à s'améliorer, que fut inventé le système de la retraite et que la figure du vieillard, pauvre fou, redouté et abhorré, se transforma et s'adoucit. Les opposants au nouveau régime de retraite descendent des révolutionnaires de 1789 qui, en vertu des droits de l'homme, pensaient que c'était à l'État de protéger et de prendre soin des plus anciens, garants de la transmission, responsables de l'éducation des enfants et juges de la morale commune. Leur sagesse faisait la force de la nation.

Pourquoi ne pas envisager un rôle civique aux vieilles et aux vieux au lieu de les laisser devenir le peuple anonyme des aidants sans reconnaissance ni responsabilité ? Mettre en lumière ce qu'ils font au lieu de les cacher – une journée pour eux dans toute l'année – et de profiter de ce qu'ils font et de ce qu'ils sont.

On est déjà très vieux quand on est jeune. Ce texte s'adresse aussi aux jeunes, à tous ces futurs vieux qui ont fait déjà en eux, souvent sans s'en apercevoir, une place à ce qu'ils seront plus tard.

C'est un lieu commun de dire que le vieillard retourne à l'enfance. Comme s'il y avait un cycle de vie qui s'opérait à rebours. Cette fausse idée permet de calmer nos peurs archaïques et de ne pas vouloir savoir qu'un vieux a été jeune, qu'il possède à l'intérieur de lui-même l'éclat, la force de cette jeunesse, alors qu'un enfant, par définition, ne possède pas le sens de la vieillesse. Nous avons tendance à imaginer que les forces des vieux déclinent et, en quelque sorte, qu'il y aurait en eux un consentement, un accord physique et psychique pour lâcher prise. C'est une manière de nous sentir moins coupables en les mettant de côté. C'est aussi considérer la vieillesse comme une maladie incurable. L'une des raisons principales de la réprobation morale que subit la vieillesse, et qui entraîne de facto une marginalisation sociale, est le culte que nous portons au nouveau, au renouveau, au toujours nouveau, au perpétuellement renouvelable. Notre règne de l'obsolescence programmée fait de l'impératif du changement l'ADN de la société de consommation. Il conduit à nous faire penser que la vieillesse c'est l'immobilité, le fixe, l'inchangé, ce qui est déjà périmé et va bientôt disparaître de notre horizon. La notion de perte de transmission, qui s'est opérée depuis la moitié du XXe siècle, a augmenté cette perception de ladite inutilité de cette classe d'âge. Avant, quand un ancien partait, disparaissait avec lui un héritage culturel, folklorique, un savoir-faire, quelquefois même des secrets liés justement à la longévité. Maintenant qu'on les a dépouillés de leurs attributs, on ne les écoute plus, ou on fait semblant, tant on est persuadés qu'ils n'ont plus rien à nous dire. Et moi, que vais-je transmettre à mes petits-enfants ? Ce lien qui existe encore de manière forte et vivace va-t-il perdurer ?

La société ne fait plus de pause. Davantage occupée au maintien coûte que coûte de sa propre continuité, elle accepte de plus en plus difficilement celles et ceux qui en perturbent la tranquillité. Ça va de jour en jour plus vite pour la mort. Plus de condoléances, plus de corbillards, plus de cortèges dans la rue, plus de costume noir, des crémations réduites a minima, plus de temps de dialogue après les cérémonies, mais le TGV express du jardin des souvenirs.

« Une des dernières découvertes de la culture occidentale, c'est qu'il est préférable de ne pas mourir. » Manuel Vilas, *Ordesa*

Enfant, je jouais de stratagèmes subtils pour essayer de ne pas me faire embrasser par des personnes âgées. J'en avais peur sans vraiment en comprendre les raisons. Je pense que je ne suis pas la seule. Je me souviens de la mort de mon grand-père maternel. Comme beaucoup de gens de ma génération, c'était mon premier mort. À l'époque, et si ma mémoire n'est pas trop défaillante, je n'ai pas fait le rapprochement entre sa vieillesse et sa mort. Et pourtant il est mort d'avoir trop vécu. De mort naturelle. Autour de lui flottait une certaine tristesse, respectueuse de ce qu'avait été sa vie mais sans pathos et sans tragédie. Je me souviens que pour l'enterrement, comme les autres enfants, j'avais porté des vêtements violets. C'était la première fois. Ma grand-mère, elle, avait porté une voilette noire qui lui couvrait le visage pendant des semaines, ses bas aussi étaient noirs, épais, même en plein été. Mes oncles portaient sur leur veston un signe distinctif. On disait qu'« ils portaient le deuil ». Aujourd'hui on dirait que la mort a déserté la ville. Les plaques commémoratives sont de moins en moins demandées par les familles après les incinérations. Pas de trace. Pas de possibilité de visites dans les cimetières qui sont construits de plus en plus dans les marges des friches industrielles. Oubli volontaire ? Effacement programmé ? Philippe Ariès, à la fin de *L'Homme devant la mort*, avance que nous avons changé de civilisation par rapport à la mort à l'aube des années 1960, et que lui-même est le témoin de ce basculement très important. Qui d'entre nous ne l'a pas vécu à l'occasion de la mort d'un membre de sa famille ou d'une amie ? Qui d'entre nous a osé avouer sa peine quelques semaines plus tard, de peur d'être jugé larmoyant ou dépressif ? Moins on éprouve du chagrin pour nos morts – et on nous le demande – moins on éprouve d'empathie pour nos aînés. C'est comme si la sécheresse des sentiments, mise en route depuis des décennies, avait opéré des ravages définitifs sur notre sensibilité. Les seuils d'affectivité tolérés sont au plus bas. L'idée de partage de la peine n'est guère admise. À chacun son chagrin. Le dissimuler, un sport mental de haut niveau. Celles et ceux qui sont en première ligne – les veuves et les veufs – n'ont qu'à bien se tenir : pas question d'encombrer son entourage avec sa peine. Mieux vaut vite disparaître : c'est ce que montrent d'ailleurs les statistiques : dans les deux premières années suivant le décès du conjoint, la mortalité est dix fois plus forte.

Joan Didion dans *L'Année de la pensée magique*, livre rédigé après la disparition de son mari et la maladie de sa fille, pose une question à laquelle je n'avais jamais pensé et qui, depuis, ne cesse de m'obséder :

« Si les morts devaient bel et bien revenir, de quel savoir seraient-ils porteurs à leur retour ? Serions-nous capables de leur faire face, nous qui les avons autorisés à mourir ? »

Est-ce une maladresse que de mourir ? C'est un business lost. Pour être de bons morts il faut savoir être discret, partir sur la pointe des pieds sans déranger personne : mourir dans son sommeil par exemple. Autrefois c'était la manière la plus redoutée, aujourd'hui c'est « la bonne mort ». Simone de Beauvoir, dans *Une mort très douce*, évoque la fin de vie de sa mère en termes d'adieu apaisant. Douce est la mort de sa mère parce que ses deux filles sont à son chevet, douce parce qu'il n'y a plus rien à espérer, douce parce que la vigilance tendre des deux filles a permis d'atténuer ses souffrances. Mais Simone de Beauvoir ajoute : « Elle a eu une mort très douce. Une mort de privilégiée. » C'est la dernière phrase du texte, cruelle autant que réaliste. Aujourd'hui, cinquante ans plus tard, la classe sociale à laquelle on appartient indique déjà comment se déroulera le dernier cycle de l'existence. On dit que devant la mort on est tous égaux. C'est de moins en moins vrai.

« Je suis né dans un monde qui commençait à ne plus vouloir de la mort », constate Christian Bobin. Pourtant, nous savons tous que nous devons mourir.

Et pour les plus chanceux d'entre nous, nous vieillirons en bonne santé avant de disparaître. C'est la grande avancée du XXe siècle que de permettre et la vieillesse et la santé ENSEMBLE. Pour autant, nous ne pouvons pas vieillir à l'infini. La vieillesse, c'est de la vie en plus, un réservoir qui ne s'est pas encore tari, une manière de magnifier et d'amplifier l'existence. Il y a une sorte de piste étalonnée pour chacune de nos existences, selon Vladimir Jankélévitch. À nous d'en faire bon usage sans ni précipiter ni ralentir le cours des choses. Arriver à la vieillesse, c'est aussi savoir choisir son rythme, prendre en considération qu'on a déjà beaucoup vécu, beaucoup engrangé de souvenirs et que notre disque dur n'est pas illimité. Il faudra donc songer à quitter ce monde. Pas besoin d'en faire une histoire. En quelque sorte le compte sera bon, une fatigue vitale s'imposera en nous, nous indiquant le signal. On n'a jamais assez le désir de vivre jusqu'à ne plus vouloir mourir : « L'immortalité ce n'est pas de vivre cent ans ni cent cinquante, ou plus, c'est ne pas devoir mourir, c'est cela qui est impensable et absurde », écrit Jankélévitch dans *Penser la mort* ? Aujourd'hui, des *blood dealers* en Californie vous changent le sang moyennant des centaines de milliers de dollars en vous certifiant que vous deviendrez centenaire. Aujourd'hui, après avoir abîmé notre planète, allons-nous saturer l'espace en acceptant la proposition, pour les plus riches d'entre nous, d'être cryogénisés et que nos cadavres scintillants, tournoyant autour de la Terre, soient admirés, une fraction de seconde, par nos arrière-petits-enfants ? Appartient-on à un temps où il devient concevable de se jouer… de la mort ? Mort à la mort. Il n'y a pas que les transhumanistes qui nous promettent, grâce à la régénération de nos tissus, la vie éternelle, des médecins, des professeurs d'universités américaines, tel G. J. Sussman, affirment que nous appartenons à la dernière génération à devoir mourir. La mort pourtant définit notre existence. Pourquoi vouloir non pas seulement la reculer mais l'annihiler ? Il n'est jamais nécessaire de mourir, certes, mais quel sens et quel goût aurait la vie si elle était, par essence, illimitée ? La mort serait-elle ce qui nous fait vivre ? À cette question, Jankélévitch répond sans ambages : « Mourir est la condition même de l'existence. Je rejoins tous ceux qui ont dit que c'est la mort qui donne un sens à la vie tout en lui retirant ce sens. Elle est le non-sens qui donne sens à la vie. » Pourquoi alors créditer tant la technoscience, qui fabrique un corps surnuméraire et repousse les limites ? Serons-nous faits un jour de chair électronique insolvable ? Allons-nous nous cloner et nous autodéfinir comme potentiellement immortels ? Cette nouvelle vieillesse qui en fait rêver certains est proposée comme une sorte d'éternelle jeunesse. Elle ne prend pas en compte la fatigue du corps et de l'âme et contribue à augmenter l'âgisme. Combien de personnes durant cette enquête m'ont dit qu'elles « avaient fait leur temps », qu'elles aspiraient à mourir, et que ce temps de l'« avant-mort » n'était pas celui de la « vraie vie » ? Pourquoi la médecine nous apprend-elle à ne pas vouloir mourir à tout prix ? Certes, il est de son devoir de l'éloigner mais, ce faisant, elle accrédite l'idée qu'elle n'est plus un phénomène naturel et qu'elle n'est plus, par essence, la fin de la vie.

« Quand l'effacement par la mort ou par la sénilité n'est plus envisagé comme un destin, mais attendu comme un mal qui s'apprête à vous frapper, il arrive – et c'est mon cas – que l'on perde jusqu'à l'envie d'entreprendre – on évalue le peu de temps dont on dispose encore, temps étranglé sans rapport avec celui des époques où il était exclu de penser qu'une entreprise pouvait manquer du délai voulu pour se développer et cela coupe tout élan. » Michel Leiris, *Frêle bruit*

Rappelons-nous la fin d'*Œdipe roi* de Sophocle. Le coryphée s'adresse au peuple pour lui dire : « Aussi, doit-on, attendant son dernier jour, ne tenir pour heureux aucun mortel avant que, sans souffrir aucun mal, il n'ait franchi le terme de sa vie. » Penser que nous avions eu une vie heureuse n'est qu'une illusion puisque tout sera à réinterpréter à l'aune de cette dernière frontière. Il faut donc d'abord franchir et dépasser ce sas. Qu'est-ce que franchir cette frontière de l'ultime ? Que veut dire passer le terme d'une vie ? Notre finitude comporte en son sein la pensée de la mort. C'est pour cette raison qu'on dit et qu'on pense que tout homme – y compris un centenaire – meurt avant l'âge, qu'il disparaît prématurément. Sénèque décrit l'imminence absolue de la mort, cette imminence de tous les instants. Pour lui, il est vain de différer : « Nous passons notre vie entière sous le masque dans une simagrée qui est continuelle. Même la simplicité à laquelle nous parvenons parfois dans l'âge est un renouvellement sauvage qu'il nous faut, avec beaucoup de peine, acquérir. » Vivre pleinement sa vieillesse comme si la vie continuait comme avant, est-ce une offense à notre condition d'humain ? Commencer sa « vraie » vie à un âge que peu de personnes atteignent est le signe désespéré de la vanité. Que nous reste-t-il à faire ? Seulement et uniquement à nous préparer au passage de la dernière des frontières. Comment la nommer ? Même dans la langue il subsiste du flou. En anglais, il y a *to die* et *to pass away*. En français, il est d'usage courant de dire qu'on « disparaît ».

La mère de Nathalie Sarraute lui avait répété, dès son enfance, qu'on ne disait pas que quelqu'un disparaissait. Il mourait, un point c'est tout. Elle avait raison. Combien d'enfants ont longtemps recherché des proches de leur famille parce qu'ils avaient « disparu » ?

Les animaux sont solidaires entre eux à l'approche de la mort. Pas nous. Pourquoi ? Dans une réserve du Kenya en 1964, le garde Winter fut chargé d'abattre trois éléphants dans un troupeau de trente. Il décrivit l'enfer qui suivit les premiers coups mortels : « Les éléphants s'ébranlèrent d'un seul coup, tournant en tous sens leurs corps massifs et poussant d'effroyables barrissements. Puis ils tentèrent de relever leurs premiers compagnons morts. » Ils recommencèrent à plusieurs reprises, y compris en brisant leurs propres défenses. Puis le troupeau s'éloigna avant de revenir à nouveau pour recommencer à les mettre debout. En vain. À trois reprises. Puis le « chef » du troupeau se dressa comme s'il « saluait » les morts avant de s'enfoncer avec le reste du troupeau dans la forêt. Sentent-ils venir leur propre mort ? Les plus vieux s'éloignent du troupeau et rejoignent un territoire où certains de leurs aînés sont venus mourir. On a vu des dauphins refuser de s'alimenter après la mort de leur compagnon, des oies se mettre à crier et à se sentir si désorientées qu'elles ne pouvaient plus s'envoler. Des femelles chimpanzés ont été observées après la mort de leur petit dans la forêt. Elles les emmènent avec elles pendant quelques semaines avant de les laisser. Derrida affirmait : oui, les animaux meurent aussi et ont un rapport très signifiant à la mort et au deuil, même s'ils n'ont pas un rapport avec la mort comme telle, et n'en comprennent pas la signification.

Il existe – et il existera de plus en plus – ce qu'on nommait autrefois le grand âge. Aujourd'hui, les centenaires sont légion et on évoque le quatrième, voire le cinquième âge.

Des études gériatriques récentes – publiées par la revue *Science* en juin 2018 – attestent du fait qu'on vieillit moins à partir de sa cent cinquième année et qu'on a moins de risques de mourir à cent cinq ans… qu'à cent, ce que j'ai déjà mentionné plus haut. Une équipe de chercheurs américains et italiens annonce avoir mis en évidence, après une enquête en Italie, ce qu'ils nomment « un plateau dans la mortalité humaine ». L'espérance de vie ne baisse plus à partir d'un âge très avancé et elle se stabilise. Existerait-il une sorte de guichet au-delà duquel on n'éprouve plus les dégâts habituels dus à l'âge ? Ces assertions sont controversées par des spécialistes du très grand âge, comme Jean-Marie Robine, spécialiste du Japon et de la France, qui n'observe pas ce genre de phénomène mais qui relève qu'à partir de cent huit ans, et ce pendant deux ans, la mortalité baisse… pendant deux ans. Comme si la vie longue, très longue, s'accompagnait d'un instinct décuplé de survie.

Et pourtant le grand tabou c'est cet âge hors d'âge vécu au mieux comme un retour à l'enfance, au pire comme un impensé. Paul Ricœur n'hésitait pas à dire que le grand âge l'effrayait plus que la mort : « On peut plus facilement arriver à un devoir fraternel avec le devoir mourir, l'avoir à mourir, qu'avec cette caricature d'humanité que peut être le grand âge. Je pense que cela demande un degré supérieur de sagesse d'accepter d'être complètement dépendant comme un enfant, de refaire le cycle complet jusqu'à la vie végétative. Accepter cela pour moi c'est une charge de pensée, d'émotion quasi insupportable. Peut-être qu'après tout c'est une bénédiction car on ne sait pas ce que l'on vit. Je ne me sens pas d'affinités pour le fameux mot qui est pourtant de Platon : “La vie est une méditation de la mort…” La vie est une méditation de la vie. Il faut vivre au jour le jour, il faut vivre comme s'il fallait plier bagage demain mais aussi comme si on avait tout le temps devant soi. Nous avons tous des lendemains incertains mais aussi le même lendemain sur lequel on peut compter. Le soleil se lèvera demain et j'espère que mes yeux s'ouvriront pour le voir. »

Ces propos, recueillis en 1985, datent d'une période où nous ne pensions pas pouvoir atteindre ce fameux grand âge. Aujourd'hui, plus d'un quart des Français pensent pouvoir devenir centenaires. Excès d'optimisme ? Oui, car si le nombre des centenaires a doublé en dix ans et si 200 000 personnes devraient y parvenir en 2060, cela ne concerne que 0,3 % de notre population. Nous vivons un changement de civilisation où notre siècle est, pour la première fois, celui des centenaires. Plus question de les emprisonner uniquement dans des catégories de la vieillesse dépendante ou de la médicalisation. Certains – car l'allongement de la vie peut aller avec la bonne santé, comme l'explique avec brio Michel Allard, qui a inventé le terme de fortitude pour désigner tous ces vieux… en pleine forme – ne se sentent pas vieux, même s'ils se sentent vieillir. « Je n'aimerais pas devenir vieille », me dit Marguerite, cent un ans, dans le couloir de l'EHPAD. « Même s'il y a beaucoup trop de vieux ici, moi je ne suis pas comme les autres », renchérit Jean, dans la salle à manger à l'heure du goûter. Plus on vieillit plus on est étonné de vieillir.

Comment faire bonne vieillesse ? Cette expression, forgée par Frédéric Balard, concerne les nonagénaires et les centenaires qui, de plus en plus nombreux, sont heureux de vivre et de bien vivre. On n'en parle jamais assez. Vieillesse et bonheur vont de pair, mais c'est indécent de le crier sur tous les toits. Chez les personnes très âgées, il est intéressant de noter que lorsqu'elles se disent contentes de vivre, c'est parce qu'elles ne se confondent pas avec les autres, la catégorie des vieux, au contraire elles s'en distinguent : justement elles ne sont pas comme « eux ». Des très vieux pas vieux, c'est ainsi qu'ils se perçoivent et qu'ils voient leur victoire sur le temps qui passe. Est-ce à dire qu'il y a plusieurs vieillesses ? Où se situe la frontière entre la « bonne vieillesse » et la « mauvaise vieillesse » ?

La mémoire qui fout le camp, la structuration que le temps impose et qui s'en va, le flou de la vie, caractérisent quelquefois ce qu'on nomme le grand âge. J'ai vu ma mère ne plus savoir quel jour on était en quelques mois. Au début, elle s'en voulait et cherchait à s'en souvenir. Puis, assez sagement, elle ne l'a plus souhaité. Elle se repère au soleil, à ses stores qui se baissent automatiquement selon la lumière pour deviner l'heure qu'il est. Ma mère se souvient de sa haute enfance mais pas de la question qu'elle vient de me poser. J'ai appris pas à pas à entrer dans les labyrinthes de sa nouvelle

« mémoire ». D'ailleurs, la mienne est-elle « supérieure » à la sienne ? La mémoire – le fait que nous ayons encore une mémoire qui « marche » – constitue-t-elle notre seule carte d'identité ? On demande souvent quand on parle des personnes âgées : a-t-il encore toute sa tête ? Est-on seulement ce qu'on a fait, ce dont on se souvient avoir été ? Quand on oublie qui on a été, de quelle texture était sa propre vie, qui devient-on ? La lente disgrâce de l'esprit – perte de la mémoire immédiate, désordre des associations – ne s'accompagne-t-elle pas d'une recomposition fictionnelle d'une personne, de la personne qui est encore là, quelquefois loin de nous, puis très proche dans des moments de lumière et de vérité ? Vieillir n'est pas forcément se définir, savoir se définir. Dans cette zone grise où le langage peut être en zone libre, les associations d'esprit nombreuses, où l'esprit vagabonde, la personne est là, complètement là, entièrement là, elle appartient au monde, elle est pleinement sujet alors que lentement, mais inexorablement, la société médicale lui dénie le droit de rester une personne en la réduisant au rang de petit enfant irresponsable.

On n'a jamais autant parlé de la maladie d'Alzheimer. Heureusement, depuis quelques années, le discours a changé. De fléau menaçant, elle est devenue une affection, le plus souvent causée par l'âge, qui atteint un million et demi de personnes âgées en France. On a construit dans les EHPAD des unités fermées, on mettait ensemble des personnes qui n'ont pas les mêmes symptômes en leur enlevant leurs capacités de diriger des gestes de leur vie. Le respect qui leur est dû, la mémoire de certains épisodes de leur vie, la langue avec ses accidents, les zones d'autonomie préservées, la connaissance des troubles permettent un nouveau regard sur cette pathologie qui peut être détectée de plus en plus tôt et qui devient progressivement moins « honteuse », même si les prises en charge ne suivent pas la courbe de l'augmentation des cas. Réintégrer dans le discours commun et dans la communauté des aînés celles et ceux qui « ont » Alzheimer est une tâche indispensable pour faire baisser la peur qu'inspire la vieillesse dans des classes d'âge peu ou pas concernées, qui pensent que toute personne âgée est gaga, donc inaccessible. Cela n'empêchera pas les pouvoirs publics de se comporter cyniquement en appliquant le critère de l'âge comme discriminant... pour venir en aide aux populations de plus en plus nombreuses que les démographes nomment les young old (65-74 ans) les old old (75-84 ans) et les oldest old (85 ans et plus). Au Danemark, depuis plusieurs années, des compressions budgétaires conduisent les hôpitaux à refuser les personnes très âgées ; celles et ceux qui ont plus de soixante-dix ans et qui souffrent d'embolies ou d'accidents vasculaires ne peuvent bénéficier des soins appropriés réservés aux plus jeunes. La discrimination par l'âge nommée le « tri de la honte » a provoqué bien des réactions mais, même si elle demeure plus ou moins cachée, elle persiste et rejoint l'idée générale que la vieillesse est un « surplus », une sorte d'« excédent », une poche d'inutilité et d'incapacités. Vieillir, c'est être mis en demeure de ne plus pouvoir faire ce que l'on faisait auparavant, une série de renoncements obligeant à un remaniement des intérêts et des modes d'être. François Mauriac disait que nous vieillissons comme les poires : en devenant mous par endroits, plus durs à d'autres. Il n'avait pas tort. Il serait très facile de composer un livre noir, extrêmement noir, de la vieillesse, avec d'innombrables citations très connues comme celle du général de Gaulle, « la vieillesse, ce naufrage », ou celle de Freud reculant médusé devant « l'horreur de la vieillesse », ce qui ne l'empêcha pas, à plus de quatre-vingts ans, atteint d'un cancer de la mâchoire qui le faisait horriblement souffrir, d'écrire à une amie : « La vie à mon âge n'est pas facile mais le printemps est magnifique et tel est l'amour. » A contrario, on peut affirmer que dégagé des pressions sociales et vaniteuses, l'âge permet de ne plus sans cesse se tourmenter sur ce que l'on vaut, sur ce que l'on va faire de sa vie. Tout est joué. La partie est finie. J'ai fait des choses, j'aimerais bien continuer à vivre mais pas forcément à n'importe quel prix. Cela crée une sorte de solidarité de la vie. Si vous me demandiez quel est mon âge, d'ailleurs, je vous répondrais que je n'en ai pas.

Les personnes âgées s'éloignent-elles naturellement d'elles-mêmes ? Il y aurait une sorte de cassure intime. Mes parents ne ressemblent pas à ce que je conserve d'eux dans ma mémoire. Vivant dans un territoire géographique et mental qui se resserre inexorablement, ils sont comme ces dompteurs qui, avec leur cercle de feu, tentent d'éloigner les fauves qui veulent leur bondir dessus. Ils se déprennent de nous, petit à petit habités jour et nuit par cette finitude qui les harasse. Le temps lui-même est mort. Violence d'avoir à entendre le désir (légitime) d'en finir par ceux qui vous ont donné la vie. Séparer. Cloisonner. Se faire des réservoirs d'images. Se souvenir des paroles d'antan. Être dans une écoute d'abandon, lâcher l'idée même de conversation, ce qui ne veut pas dire le non-échange. Grappiller, prendre tout ce qui est possible, se raccrocher aux branches, picorer et puis tout d'un coup des phrases si belles qu'elles vous font tenir pendant des jours. Vous vous en voulez de vous être abandonné à de sombres pensées. Y croire de nouveau alors qu'on sait que la partie est terminée. Et puis ça recommence. Le médecin avait donc raison ? Vous ne le croyez pas. Enroulée à l'intérieur du corps et au bas de la gorge une tristesse infinie, mêlée de révolte idiote, vous tombe dessus. Inutile de fuir. Nulle part où fuir. Vivre au jour le jour.

« Prenez la vie à petites doses – ne regardez jamais plus loin que le déjeuner ou le dîner. » Wittgenstein

J'écoute pour la énième fois la chanson de Brigitte Fontaine :

« J'exhibai ma carte senior
Sous les yeux goguenards des porcs
Qui partirent d'un rire obscène
Vers ma silhouette de sirène

Je suis vieille et je vous encule
Avec mon look de libellule
Je suis vieille et je vais crever
Un petit détail oublié

Partout c'est la prohibition
Alcool à la télévision

Papiers clopes manque de fric
Et vieillir dans les lieux publics

Partout c'est la prohibition
Parole écrit fornication
Foutre interdit à soixante ans
Ou scandale et ricanements

Les malades sont prohibés
On les jette dans les fossés
À moins qu'ils n'apportent du blé
De la tune aux plus fortunés

Les vieux sont jetés aux orties
À l'asile aux châteaux d'oubli
Voici ce qui m'attend demain
Si jamais je perds mon chemin

Je suis vieille et je vous encule
Avec mon look de libellule
Je suis vieille sans foi ni loi
Si je meurs ce sera de joie. »

EN GUISE D'ÉPILOGUE

« L'homme et la mort ne se rencontrent jamais car quand il vit, elle n'est pas là et quand elle survient, c'est lui qui n'est plus. »

ÉPICURE

Chacun d'entre nous sera vieux un jour ou l'autre. Moi je le suis déjà… Je ne l'ai jamais imaginé quand j'étais jeune. Je me disais que j'allais mourir avant. Le fait d'être mortelle rimait pour moi avec éternelle jeunesse. Puis j'ai constaté, observé et ensuite réalisé que « j'entrais » dans la vieillesse sans joie ni acquiescement (comment se réjouir de la peau qui plisse, des taches qui apparaissent, de son corps qu'on veut de moins en moins montrer), mais sans révolte. Loin des idées de ma mère qui m'avait solennellement annoncé il y a vingt ans qu'elle pensait mettre fin à ses jours quand elle serait trop vieille et qui, heureusement, n'a pas mis ses menaces à exécution, j'ai commencé à « m'accommoder », tout en portant une attention plus soutenue à ma classe d'âge et en trouvant de plus en plus scandaleuse cette stigmatisation dans laquelle on encage toute personne ayant dépassé un certain âge. « On ne sait pas à quel âge commence la vieillesse comme on ne sait pas à quel âge commence la richesse », écrit Pierre Bourdieu. Oui, mais moi je sais que j'y suis et que j'en suis. Et je ne me reconnais pas dans ce que l'on veut que je sois : moins rapide, moins performante, moins utile à la société. Pour autant, je ne me vis pas comme une « notable de la mémoire », une « sachante » ayant des secrets ou des recettes en vertu de l'accumulation des années. Je ne vis pas mon âge comme une raréfaction de mon être, mais comme une vitalité moins impatiente.

J'appelle à une « neutralité » de la vieillesse, pas forcément à une surprotection qui pourrait être lourde à porter, mais à une société qui, loin de la défiance et de la peur qu'elle éprouve, la considérerait comme une valeur forte et active. Ne plus la craindre pour nous permettre de la désirer. Arrêter cette violence qui, de toute part, s'abat sur elle et qui signe aussi l'échec de notre civilisation. Considérer l'âge comme un réservoir de prémices, une possibilité de remplir le monde au lieu de le déserter. Changer la vie, en tout cas changer de définition et de signification de ce que veut dire vivre. Quitter la langue performative économique, qui broie les destins individuels en les rapportant à leurs capacités d'hyperproduction, pour se ressourcer, se saisir, se ressaisir de sa propre existence à tout moment puisque la vie ne veut qu'elle-même et nous indique le chemin du présent.

Un vieux d'aujourd'hui est moins vieux qu'un vieux d'autrefois. On vieillit de mieux en mieux et de moins en moins. C'est une certitude. Ce n'est pas forcément une vérité. « La belle vieillesse est celle qui n'est charge à personne », disait Aristote. Nous nous promettons de ne pas faire subir à nos enfants le poids de nos disgrâces physiques et mentales. Nous prêtons une oreille attentive aux solutions adoptées par des amies plus âgées qui semblent heureuses dans leurs résidences pour seniors, tout en nous disant que ce n'est pas normal d'être conservés et rangés par tranche d'âge. L'idée me heurte d'autant plus que dans plusieurs pays européens, c'est justement la mixité entre les générations qui semble être la meilleure des solutions pour... les jeunes comme pour les vieux. En France, rares mais extrêmement positives sont les maisons de retraite couplées à des jardins d'enfants, contrairement à d'autres pays, comme je l'ai déjà évoqué. Pourquoi, parce qu'on est senior, accepter d'être ségrégué ? Seule une société opulente pourra accueillir autant de vieux. Est-elle prête à répartir équitablement les fruits de la croissance à toutes les classes d'âge ? Manifestement non. Aux vieux est proposée une sorte de « brut » de la vie où ce sont les fruits de leur travail et leurs propres économies qui servent à financer – quand ils le peuvent – le temps d'après le travail. Et moins ils réclameront, mieux ce sera. La légitimité de leur parole est si atteinte qu'elle est inaudible. Et d'ailleurs, ne nous laissons pas embobiner par les pièges de la langue dominante qui veut nous domestiquer et, quelquefois même, nous réduire au silence. « Le senior est au vieux schnoque ce que le malentendant est au sourdingue et le technicien de surface au balayeur : une concession onéreuse », note avec justesse Régis Debray. Depuis, la soi-disant science des vieux ne cesse de faire des progrès : ainsi parle-t-on maintenant de « vieillesse réussie » ainsi que de « vieillissement à succès ». Cela devient un sport de haut niveau que de savoir « manager » la dernière partie de son existence. C'est une activité très onéreuse réservée aux riches occidentaux qui vivent dans les villes. Il leur est demandé de conserver un corps frais, imberbe de cicatrices, sans signe distinctif, un corps qui vive, un corps qui pulse à l'unisson du monde sans accident ni détérioration. L'obsession de la santé parfaite est devenue une forteresse pathogène où la vieillesse est, par essence, déceptive. Ni vieillesse, ni douleur, ni mort. L'instantanéité du présent pur, débarrassé de toute scorie, vise l'éternité niant par là même la finitude de la condition humaine. La peur du sexe s'étant progressivement effacée au cours du siècle dernier et de notre XXIe siècle, la peur de la mort est-elle devenue la vraie peur ? Quand elle est entrée dans nos mentalités, elle s'est installée et reste confinée dans l'endroit le plus obscur où elle demeure enfermée : l'imaginaire, inviolée, inviolable. L'encombrement par « les non-morts » grâce aux soins généralisés va-t-il faire disparaître la notion même de vieillesse ? Le dégoût de souffrir et de s'éteindre lentement autorise l'émergence d'un corps physique qui est aussi un corps fiscal, générateur de nouveaux bénéfices dans un marché qui recherche l'illimité et promet des succédanés d'immortalité. À quand des assurances pour ne pas mourir dans une société qui ne prend pas de risques ?

Je n'ai pas envie de terminer ce livre. Par définition, il est interminable. C'est à chaque lectrice, à chaque lecteur de le continuer à sa façon. Nous sommes tous conviés au même voyage et nous ne savons pas encore comment ni de quelle manière nous allons en affronter le terme. Au départ, je pensais que ce serait un livre intellectuel, regorgeant de citations et d'enquêtes culturelles. Puis je me suis vite rendu compte qu'il s'agissait d'un combat de société. Les mots de Simone de Beauvoir dans *La Vieillesse*, ouvrage publié il y a cinquante ans, n'ont pas pris une ride : « Cessons de tricher. Le sens de notre vie est en question dans l'avenir qui nous attend ; nous ne savons pas qui nous sommes si nous ignorons qui nous serons : ce vieil homme, cette vieille dame, reconnaissons-nous en eux. Il le faut si nous voulons assumer en sa totalité notre condition humaine. » Il s'agissait aussi d'un combat avec moi-même. Accepter de me voir changer sans avoir pour autant le désir que les autres me voient changée. On vit avec l'image qu'on a de soi. J'ai la chance de vivre avec une personne que j'aime depuis… presque quarante ans. On ne se voit pas vieillir. Je ne vieillis pas ou plutôt j'ai – encore – l'image d'une personne beaucoup plus jeune que je ne le suis. « La vieillesse qui, de toutes les réalités, est celle dont nous gardons le plus longtemps dans la vie une notion abstraite. » Encore et encore, Marcel Proust a raison. Simone de Beauvoir dénonçait la politique scandaleuse de la vieillesse. En son temps on ne vivait pas aussi vieux que maintenant. Le scandale de cet impensé et de ce silence en est encore plus grand aujourd'hui. La vieillesse devient de plus en plus une maladie, elle se « démonise » démocratiquement à bas bruit sans que personne s'en offense. Elle révèle notre indifférence envers les plus faibles : en effet, elle est plus difficilement vécue chez les plus précarisés et les femmes sont en première ligne dans cette double exclusion. La vieillesse est la période de la vie où les inégalités se révèlent de jour en jour plus criantes. Seuls les privilégiés ont accès à une vieillesse heureuse et ils ne sont qu'une poignée. D'ailleurs on est plus ou moins vieux selon le métier qu'on a exercé. « Que devrait être une société pour que, dans sa vieillesse, un homme demeure un homme ? » demande Simone de Beauvoir dans sa conclusion. Elle répond : « Qu'il soit traité comme un homme. » Aujourd'hui les vieilles, les vieux sont traités comme des citoyens de troisième zone : encore actifs, on les tolère dans les associations et on se félicite de leur utilité puis, à un âge certain on les rend invisibles, on les range, on les garde, on les conserve. Progressivement on en fait des malades « naturels ». Comme de toutes les maladies, le monde postmoderne tente de s'en débarrasser. À quel prix ? Le langage économique a enseveli depuis des décennies le discours sur la vieillesse, faisant presque croire qu'elle serait l'âge de l'inutilité. Loin de tout catastrophisme, et sans céder à l'illusion d'une fausse maîtrise de nos vies, arrêtons déjà de culpabiliser… parce que nous vieillissons. La vieillesse, tel un aimant, attire la limaille de nos effrois et de nos hantises.

Le sentiment de la conscience de soi ne devrait pas être affecté par ce couperet qu'est notre âge. La société nous administre sur le sujet de l'âge ses mécanismes de pouvoir qui s'exercent plus particulièrement autour du « faire vivre » et du « laisser mourir ». C'est ce que Michel Foucault nommait le biopouvoir dès 1976. Foucault remarquait que l'allongement de la vie favoriserait la biopolitique, c'est-à-dire l'empreinte sur chacun de nous de la vision de la vie, de la fin de vie, mais aussi sur notre manière de vivre et sur le « comment de la vie » : « Le pouvoir intervient pour majorer la vie, pour en contrôler les aléas, les déficiences, du coup la mort comme terme de vie… ce sur quoi le pouvoir a prise, ce n'est pas la mort mais la mortalité. » Foucault, sur ce sujet, comme sur tant d'autres, était visionnaire. L'âge est un sujet éminemment politique et la manière de le considérer est éminemment représentative de notre rapport à l'autre qui n'est pas soi. La relégation sociale dans laquelle on tient la vieillesse se fait de moins en moins feutrée. Coupée d'elle-même, coupée des autres, coupée de l'univers, elle s'apparente à une zone grise où il ne fait bon ni de parvenir et encore moins de séjourner. Nous serons tous des hôtes de cette nouvelle contrée. Battons-nous pour ne pas en être des résidents plus ou moins bien tolérés de quatrième zone. Éloignons le spectre de cette perfection surhumaine que certains nous promettent, faisons l'éloge du fragile, du cabossé, exerçons nos sens, nos émotions, faisons l'éloge de nos capacités imaginatives, acceptons notre finitude au lieu d'écouter les sirènes d'une certaine médecine qui, voulant repousser les limites de la vie, croit qu'elle met – provisoirement – la mort en échec. Vivons apaisés dans une société secourable.

Jusqu'à quand aurai-je la force et l'envie de marcher dans les rues sans but pendant des heures, de mémoriser des pages de livres que j'aime, de nager vers l'horizon sans me retourner, d'oser continuer à porter des jeans serrés, des bottines compensées, de garder mes créoles aux oreilles ? Jusqu'où mon corps va-t-il me permettre d'aller ? Comment ma mémoire va-t-elle commencer à me trahir ? Je suis sur le qui-vive, tout en n'étant pas obsédée par la fuite du temps. J'ai encore la chance de « vouloir vieillir ». Ce n'est ni une honte ni un privilège, plutôt, pour le moment, une traversée par temps calme d'une succession d'écluses, un flux permanent de discontinuités, de chance aussi d'être arrivée jusque-là. Béatrice est morte emportée en moins de deux mois, elle qui parlait de sa future vieillesse avec gourmandise. Catherine était belle comme un cœur la dernière fois que je l'ai vue : hospitalisée d'urgence à cause d'une mauvaise toux, elle sortait d'une opération de chirurgie esthétique qu'elle s'était offerte pour ses soixante ans. Emmanuèle avait cherché et trouvé sur une île bretonne la maison du bonheur pour y couler des jours heureux avec son amoureux. Trois jours avant de disparaître, dans sa chambre d'hôpital où elle recevait ses amis maquillée, coiffée, super belle, elle me dit : « Je vais partir. C'est un peu tôt. Un tout petit peu trop tôt. » Qui pleurons-nous quand nous pleurons nos disparus ? C'est un peu nous-mêmes que nous pleurons. De quelles textures sera le goût de nos vies plus tard ? De quels espoirs seront-elles porteuses ? Inutile de déplorer qui nous étions et de nous réfugier dans le passé. Difficile de réaliser que nous ne sommes plus comme avant. Le temps est l'école où nous apprenons, dit Joan Didion. « Les fleurs brunissent, les plaques tectoniques bougent, les courants marins se déplacent, les îles disparaissent. » J'ai envie de pouvoir contempler le bleu du ciel, d'apprendre une langue étrangère, de pouvoir rester enfermée des journées entières dans les bibliothèques, de gravir le sentier de montagne qui mène jusqu'à une grange abandonnée. J'oublie des noms, j'ai la mémoire qui flanche – mais qui n'a pas la mémoire qui flanche ? –, j'ai des taches sur les mains, des ridules au bord des yeux et des lèvres, je ne peux plus lire ni faire quoi que ce soit sans lunettes, le monde m'apparaît souvent comme à travers un voile de nuages, mais je suis toujours là et cependant, et malgré tout, encore là. Vais-je continuer à vivre sans croire vraiment que je vieillis ? Je ne veux pas me croire jeune, mais je ne veux pas que la société m'ôte, en raison de mon âge, ce sentiment de la continuité de soi qui nous permet d'exister. Pendant longtemps, dans mon existence, les personnes âgées, c'étaient les autres. Aujourd'hui, je fais partie des autres. Je ne l'aurais jamais cru, pas même en rêve. Garder le goût du monde, trouver chaque jour le sel de la vie, tenter d'être à la hauteur de Simone de Beauvoir qui observe : « Moi je suis devenue une autre, alors que je demeure moi-même. »

L'amitié a beaucoup compté dans l'élaboration et le temps de ce livre. Sans le compañero Edgar, l'élégance morale de Thierry et l'intelligence moqueuse et affûtée de Mona, je ne sais si j'aurais poursuivi ce projet. Merci à eux du fond du cœur.

Ce livre est le fruit de rencontres, d'enquêtes et de lectures. Ce fut un voyage passionnant, émouvant. Il n'aurait pu se faire sans le dialogue avec David Le Breton, philosophe et anthropologue, auteur de nombreux textes dont *La Saveur du monde*, *Disparaître de soi* et *Anthropologie de la douleur.* Annie Ernaux demeure ma compagne intellectuelle et ma référence pour comprendre ma vie.

Les livres de Joan Didion et, plus particulièrement, *L'Année de la pensée magique* et *Le Bleu de la nuit* étaient sur ma table de chevet et ont constitué la trame affective de cette recherche.

L'œuvre entière de Simone de Beauvoir me nourrit depuis plus de quarante ans et si je n'avais pas relu, par hasard, son livre *La Vieillesse*, jamais je crois je n'aurais entrepris cet essai. Susan Sontag dans *La Maladie comme métaphore* et *La Douleur des autres* m'a aidée à réfléchir sans cesse et à « politiser » ce que je vivais à travers l'enquête.

Je voudrais remercier Florence Aubenas qui, après la sortie de son texte magistral sur la révolte des aides-soignantes et leur grève aux Opalines à Foucherans le 18 juillet 2017, a brisé la conspiration du silence sur cet impensé de la société. Elle m'a beaucoup aidée par ses conseils, m'a ouvert les portes de certains EHPAD et permis de rencontrer des scientifiques et des médecins. Nombreuses furent les rencontres avec des « spécialistes » de l'âge qu'on pourrait croire, avec nos a priori, techniques, secs et ennuyeux. J'ai au contraire fait la connaissance de personnes drôles, gaies, rieuses, qui me remontaient le moral. Parmi elles Marie-Francoise Fuchs, présidente de Old'Up, qui n'a ménagé ni son temps ni son énergie ni sa générosité, Michel Allard, médecin, gérontologue, ami de Jeanne Calment, qui m'a aidée à cheminer sur les questions de l'âge grâce à sa science mais aussi à son humour... Annie De Vivie, activiste du grand âge à l'enthousiasme contagieux. Je souhaite aussi remercier Jacques Toubon et Myriam El Khomri pour leur engagement et leur disponibilité.

J'ai revisité avec bonheur certains textes de la philosophie – parmi eux Sénèque, les stoïciens,

Kant, Husserl, Arendt, Emmanuel Levinas, Jacques Derrida, Vladimir Jankélévitch, tous les livres d'Anne Dufourmantelle et les textes récents de Claire Marin, en littérature d'abord et encore Marcel Proust et notamment le dernier tome de la *Recherche*, l'œuvre entière de Philip Roth et celle d'Annie Ernaux ont été essentielles ainsi que les livres d'Oliver Sacks et de Nathalie Sarraute. Revoir les films de Naomi Kawase, fictions comme documentaires, ainsi que ceux d'Agnès Varda, Bergman, Visconti, Godard.

De plus en plus de livres récents traitent de ce sujet. Parmi eux comment ne pas dire ma reconnaissance à Noëlle Châtelet, Marie de Hennezel, Christine Jordis, Pascal Bruckner et Emmanuel Hirsch.

J'ai été reçue dans des EHPAD. Parmi eux je souhaiterais remercier plus particulièrement Romy Lasserre, directrice d'EHPAD à Paris, les aides-soignantes, les infirmières et la directrice de l'EHPAD de Boisvallon à Ceyrat, Coralie Begnis.

SOURCES

Aragon, Louis, « Le vieil homme », *Le Roman inachevé*, Paris, Gallimard, 1989.

Auden, Wystan Hugh, « Si je pouvais le dire », *Poésies choisies*, traduit par Jean Lambert Paris, © Gallimard, 2005.

Balzac, Honoré de, *La Femme de trente ans*, Paris, Flammarion, 2010.

Barthes, Roland, *Journal de deuil*, Paris, Éditions du Seuil, coll. « Fiction & Cie », 2009.

Beauvoir, Simone de, *La Force de l'âge*, Paris, © Gallimard, 1960.

—, *Une mort très douce*, Paris, © Gallimard, 1964.

—, « L'âge de la discrétion », *La femme rompue*, Paris, © Gallimard, 1967.

—, *La Vieillesse*, Paris, © Gallimard, 1970.

Bernadac, Marie-Laure, *Louise Bourgeois*, Paris, Flammarion, 2019.

Bobin, Christian, *La Présence pure*, Paris, Gallimard, 2008.

Borges, Jorge Luis, « L'Aïeule », *Le Rapport de Brodie*, Paris, Gallimard, 1972.

Bourdieu, Pierre et Métailié, Anne-Marie, Entretien paru dans *Les Jeunes et le premier emploi*, Paris, Association des Âges, 1978. Repris dans *Questions de sociologie*, Paris, Éditions de Minuit, 1984.

Camus, Albert, *L'Étranger*, Paris, © Gallimard, 1942.

Canetti, Elias, *Le Livre contre la mort,* traduit par Bernard Kreiss, Paris, Albin Michel, 2018.

Chateaubriand, François René de, *Vie de Rancé*, Paris, Le Livre de Poche, 2003.

Châtelet, Noëlle, *La Femme coquelicot*, Paris, Le Livre de Poche, 1999.

Colette, *Sido*, Paris, Kra, 1930.

Debray, Régis, *Plan vermeil*, Paris, Gallimard, 2004.

Deleuze, Gilles, et Guattari, Felix, *Qu'est-ce que la philosophie ?*, Paris, © Les Éditions de Minuit, 1991.

Didion, Joan, *L'Année de la pensée magique*, Paris, Grasset, 2007.

Doolittle, Hilda, *Pour l'amour de Freud*, Paris, Des femmes, Antoinette Fouque, 2010.

Duras, Marguerite, *L'Amant*, Paris, © Les Éditions de Minuit, 1984.

Épicure, *Lettre à Ménécée*, Paris, Flammarion, 2009.

Ernaux, Annie, *Une femme*, Paris, © Gallimard, 2002.

Euripide, *Alceste*, *Théâtre complet*, Paris, « Bibliothèque de la Pléiade », Gallimard, 1962.

Flaubert, Gustave, *Correspondance*, Paris, « Bibliothèque de la Pléiade », Gallimard, 2007.

Fontaine, Brigitte, Belkacem, Areski, « Prohibition », Universal Music Publishing Group, Allo Music Editions, 2009.

Foucault, Michel, *Il faut défendre la société : cours au Collège de France*, Paris, Éditions du Seuil, 1997.

Giroud, Françoise, *Journal d'une Parisienne*, Paris, Éditions du Seuil, 1995.

Godard, Jean-Luc, *Adieu au langage*, © 2014, Alain Sarde-Wild Bunch.

Gorz, André, *Lettre à D. Histoire d'un amour*, © Galilée, 2006.

— , *Le Vieillissement*, Paris, Gallimard, 2005.

Groult, Benoîte, *Journal d'Irlande*, Paris, Grasset, 2018.

Guizot, François, *Mémoires pour servir à l'histoire de mon temps*, tome 3, Clermont-Ferrand, Paleo, 2003.

Guyotat, Pierre, *Divers*, Paris, Les Belles Lettres, 2019.

Hesse, Hermann, *Éloge de la vieillesse*, © Suhrkamp Verlag Frankfurt am Main, 2003 ; Paris, © Calmann-Lévy, 2000, pour la traduction française.

Hokusai, Katsushika, postface aux *Cent Vues du mont Fuji*, 1831-1833.

Hugo, Victor, *L'Art d'être grand-père*, Paris, Gallimard, 2002.

Hustvedt, Siri, *Souvenirs de l'avenir*, Arles, Actes Sud, 2019.

Ionesco, Eugène, *La Quête intermittente*, Paris, Gallimard, 1987.

Jankélévitch, Vladimir, *La Mort*, Paris, Flammarion, 1966.

— , *Penser la mort*, Paris, Liana Levi, 2003.

Juliet, Charles, *Dans la lumière des saisons*, Paris, POL, 1991.

Kant, Emmanuel, *Fondements de la métaphysique des mœurs*, Paris, Hatier, 1963.

Lanzmann, Claude, *Le Lièvre de Patagonie*, Paris, © Gallimard, 2009.

Leiris, Michel, *Frêle bruit*, Paris, © Gallimard, 1976.

Lévi-Strauss, Claude, discours sur son expérience de l'âge, retranscrit par Roger-Pol Droit avec l'aval de l'intéressé dans *Le Monde* (https://www.lemonde.fr/disparitions/article/2009/11/04/1999-comme-un-hologramme-brise_1262645_3382.html).

Mauriac, François, *Nouveaux mémoires intérieurs*, Paris, © Flammarion, 1965. Avec l'aimable autorisation de Flammarion.

Montaigne, Michel de, *Les Essais*, Paris, Gallimard, 2009.

Nizan, Paul, *Aden Arabie*, Paris, Rieder, 1931.

Norén, Lars, *Poussière*, Paris, L'Arche, 2018.

Pachet, Pierre, *Un écrivain aux aguets*, © Pauvert, département de la Librairie Arthème Fayard, 2020 pour la présente édition.

Proust, Marcel, *Le Temps retrouvé*, Paris, NRF, 1932.

Quignard, Pascal, *La vie n'est pas une biographie*, Paris, Galilée, 2019.

Ricœur, Paul, *Vivant jusqu'à la mort*, Paris, © Éditions du Seuil, 2007, « Points Essais », 2019.

Rolin, Dominique, *Lettres à Philippe Sollers 1958-1980*, Paris, Gallimard, 2018.

— , *Plaisirs*, suivi de *Messages secrets.* Entretiens avec Patricia Boyer de Latour, © Gallimard, 2019.

Rosset, Clément, *Le Réel*, Paris, Éditions de Minuit, 1992.

Roth, Philip, *La Bête qui meurt*, traduit par Josée Kamoun, Paris, © Gallimard, 2004.

Sacks, Oliver, *Gratitude*, traduit de l'anglais par Salomé Wittmann, Paris, © Christian Bourgois, 2016.

Sand, George, et Flaubert, Gustave, *Correspondance*, Paris, Flammarion, 1992.

Sand, George, *Correspondance*, Paris, Garnier, 1964.

Sarraute, Nathalie, *Enfance*, Paris, © Gallimard, 1983.

Sénèque, *De la brièveté de la vie*, Paris, Presses Universitaires de France, 1966.

Shakespeare, William, *Le Roi Lear*, Paris, Gallimard, « Folio Classique », 1965.

Signoret, Simone, *La nostalgie n'est plus ce qu'elle était*, Paris, © Éditions du Seuil, 1976, n.e., 2010.

Simenon, Georges, *La Fuite de Monsieur Monde*, Paris, Presses de la Cité, 1969. © Simenon.tm Georges Simenon Limited, 1945. All rights reserved.

Sophocle, *Œdipe roi*, Paris, Le Livre de Poche, 1994.

Tomasi di Lampedusa, Giuseppe, *Le Guépard*, Paris, Éditions du Seuil, 1959.

Vigan, Delphine de, *Les Gratitudes*, Paris, JC Lattès, 2019.

Vilas, Manuel, *Ordesa*, Paris, Éditions du Sous-sol, 2019.

Woolf, Virginia, *Journal intégral*, Paris, Stock, 2008.

DE LA MÊME AUTEURE :

À l'aube du féminisme : les premières journalistes, 1830-1850, Payot, 1979.
Secrets d'alcôve : histoire du couple de 1830 à 1930, Hachette Littératures, 1983 ; Pluriel, 2006.
L'Amour à l'arsenic : histoire de Marie Lafarge, Denoël, 1986.
Les Femmes politiques, Seuil, 1993 ; Points, 2007.
L'Année des adieux, Flammarion, 1995 ; J'ai lu, 1996.
Marguerite Duras, Gallimard, 1998.
À ce soir, Gallimard, 2001 ; Folio, 1993.
Les Maisons closes : 1830-1930, Hachette Littératures, Pluriel, 2002 ; rééd. 2008.
Les femmes qui écrivent vivent dangereusement, Flammarion, 2007.
Femmes hors du voile, Chêne, 2008.
L'Insoumise, Actes Sud, 2008.
Les femmes qui aiment sont dangereuses, Flammarion, 2009.
Les femmes qui lisent sont dangereuses, Flammarion, 2006.
Dans les pas de Hannah Arendt, Gallimard, 2005.
Françoise, Grasset, 2011 ; Pluriel, 2012.
Immortelles, Grasset, 2013.

Avec Anise Postel-Vinay, *Vivre*, Grasset, 2015.

PAPIER À BASE DE FIBRES CERTIFIÉES

Le Livre de Poche s'engage pour l'environnement en réduisant l'empreinte carbone de ses livres. Celle de cet exemplaire est de :
350 éq. CO_2
Rendez-vous sur www.livredepoche-durable.fr

Composition réalisée par PCA

Achevé d'imprimer en décembre 2021 en France par
La Nouvelle Imprimerie Laballery
58500 Clamecy (Nièvre)
N° d'impression : 111471
Dépôt légal 1re publication : octobre 2021

LIBRAIRIE GÉNÉRALE FRANÇAISE
21, rue du Montparnasse – 75283 Paris Cedex 06

19/4753/7